赤の雫石(しずくいし)~アレクサンドロスの夢~

欧州妖異譚14

篠原美季

講談社X文庫

目次

ユウリ・フォーダム
イギリス貴族の父、日本人の母の下に生まれる。霊や妖精が見えるなど、不思議な力を持っている。
シモン・ド・ベルジュ
フランス貴族の末裔。実務に優れた美貌の貴公子。ユウリの親友で現在はパリ大学に在学中。

赤の雫石 ～アレクサンドロスの夢～　欧州妖異譚14

コリン・アシュレイ
豪商アシュレイ商会の秘蔵っ子。傲岸不遜で博覧強記。特にオカルトには強く興味をひかれている。
アンリ・ド・ベルジュ
シモンの異母弟。ユウリの家に寄宿している。バランス感覚に優れ、苦境を乗り切る強さを持った青年。

イラストレーション／かわい千草（ちぐさ）

赤の雫石(しずくいし)～アレクサンドロスの夢～

序章

キラッと。

赤茶けた砂の中で、何かが光った。

灼熱の太陽が照りつけるエジプトの砂漠。

正確な名前や場所はわからない。

飛行場からここまで来るロケバスの中で、現地スタッフの一人から名称を含めた説明を受けたが、正直、興味のない彼女は、半分も聞いていなかった。

それより、彼女にとっては、こんな乾燥した土地で、売れっ子モデルのメリンダが必要とするだけの飲料水が確保できるのかとか、日傘をさすくらいでは、日焼けを嫌うメリンダを満足させることができないのではないか、などといった日常的な心配事のほうがはるかに重要だったからだ。

だが、心配していたようなトラブルは起こらず、撮影は順調に進んだ。このまま何事もなければ、予定時間より早く次の現場に着くだろう。

熱風にさらされながら、彼女は、長いスカートをまとうメリンダの姿を追う。

幾何学的な模様を描く美しい砂丘と、風にスカートの裾をはためかせて歩くモデルのコントラストは、素人目にも美しく見えた。

やはり、メリンダ・スーンは美しい。

父親が映像制作会社の社長でなかったとしても、メリンダは、おそらくモデルとしてある程度は成功したはずだ。

自身がモデル志望の彼女にとって、メリンダは憧れである。

だが、同時に、「これが自分なら……」というもどかしさが、砂嵐のようにざらざらと彼女の心に吹き荒れた。

そんな時だ。

砂の上で、何かが光った。

気づいた彼女が近くまで歩いていくと、なかば砂に埋もれる形で金色に輝く指輪が落ちていた。

（……こんなところに、指輪？）

拾いあげて眺めていると、ふと、うなじのあたりに刺すような鋭い視線を感じ、慌てて振り返る。

――が、そこには、誰もいなかった。

少し離れたところでは、相変わらず、メリンダの姿を追って撮影が続いている。

彼女は、手にした指輪を見おろした。

誰かの落とし物だろうか。

しかし、彼女が覚えている限りでは、撮影隊の人間が、ここに足を踏み入れた場面はなかったはずだ。

（……だとしたら、別の旅行者がずっと前に落としたものだろうか？）

撮影場所に選ばれるくらいだから、ここは、景観のいいポイントとして、ある程度名が通っているのだろう。そうであれば、別の撮影隊が入ったり、観光地として旅程に組み込まれている可能性も高い。

よもや、古代エジプトやギリシャ時代の遺物ということはないだろうが、なんといっても悠久の時を刻む砂漠であれば、どんなものが落ちていても不思議ではなかった。

では、万が一、これが歴史的価値のあるものだとしたら、どうなるのか。

（きっと、エジプト政府に没収されるはずね……）

だが、ピラミッドから何かを持ち出したわけでもなく、こうして砂漠の片隅で拾ったものであれば、このまま持ち帰ったとして、誰が文句を言うだろう。――それ以前に、誰に気づかれるというのか。

照りつける太陽の下、彼女は、手の中の指輪を握りしめると、そのまま、そっとポケットに滑り込ませた。


その夜。

市内のホテルで眠っていた彼女は、夢うつつに呼ばれる。


……心に野望を持つ者よ。

……我の言葉を聞け。


「う……ん」

明かりの落とされた部屋の中。

苦しそうに寝返りを繰り返す彼女の枕元(まくらもと)で、その時、黒い影が揺らめいた。

ゆらゆらと揺らめく影が、ぼんやりと人の形を取り、剝き出し(むきだ)しとなった彼女の腕に手を伸ばす。


……いにしえの行者が、お前に教える。

……石に血を注ぎ、飽くなき願望を籠(こ)めるがいい。

……捧(ささ)げられた血に満足した時、お前の願いは届く。


それから、枯れ枝のように干からびた指が、彼女の手に触れた。

とたん。

ハッと目覚めた彼女が、目を見開いて天井を見つめる。

頭の中が混乱しているせいか、一瞬、自分が、まだあの熱波の砂漠にいるような気がした。


たった一人。

広い砂漠に立ち、砂の交じった風に吹かれながら立っている。

そんな彼女に、誰かが話しかけてきた。

目の端に映り込む影は、襤褸(ぼろ)切れのようなものをまとった男だったように思える。

ただ、伸ばされた腕は枯れ枝のように細く物乞(ものご)いのような出(い)で立(た)ちのわりに、全身から発せられるオーラは強く、ただ者ではない威圧感を放っていた。

喩(たと)えて言うなら、砂漠の修験者。

あるいは、この世の神秘を知る隠遁者(いんとんしゃ)といったところか。

だが、こうして目をあけてよくよく見れば、彼女がいるのは宿泊中のホテルの部屋で、ベッドに横たわる姿こそが、現実であった。

（……夢？）

それにしては、生々しい感触が残っている。

たしかに、自分は、誰かに話しかけられていた。

それでも、ここが砂漠でない限り、やはりあれは夢だったのだろう。

そう思いながら、腕をあげて前髪をかきあげようとした彼女は、そこで、ギクリとして動きを止めた。

右手の中指にはめられた指輪。

それは、間違いなく、彼女が砂漠で拾ったものだ。

金の台座に、血のように赤い石がはまっている。

ルビーか、もしくはガーネットの指輪だろう。ルビーだとしたら、「ピジョン・ブラッド」と呼ばれる色の濃さである。

ただ、寝る前の彼女は、あまりの疲労感に指輪を拾ったことなどすっかり忘れ、ベッドサイドの椅子（いす）にかけた服のポケットにしまったままにしておいたはずだ。

それが、なぜ、こうして指にはまっているのか。

寝ぼけて、自分ではめたのか。

でなければ、誰かが来て、彼女の指にはめたか――。

そこで、ふと、彼女は、指先に誰かが触れたような感覚が残っていることに気づく。

（誰が……）

触れたのか。

カサカサに乾いて熱のない指の感触だ。まさに枯れ枝のような指で、その感覚を思い出すと同時に、しわがれた声が脳内に響いた。


……石に血を注ぎ、飽くなき願望を籠めるがいい。

……捧げられた血に満足した時、お前の願いは届く。


（私の願い……？）

彼女は、ベッドに横たわったままぼんやりと考える。

願い事はある。

まさに、「飽くなき願望」だ。

彼女が望むのは――。

と、その時。

何かが忍び入ったように、彼女の瞳がスッと翳った。

まるで膜でもかかったかのように暗く淀んだ瞳で指輪に見入る姿は、見る者を怖気づかせるほど病的で、それまでの彼女のようでありながら、まったくの別人であるようにも見える。

いったい、彼女の身に何が起きているのか――。

それは、乾いた風の吹く、エジプト滞在中の出来事であった。

第一章　きらびやかな週末

1

イギリスの首都、ロンドン。

季節はクリスマス待降節(アドヴェント)に入り、街中には電飾されたクリスマスツリーが出現し始めた。それに伴い、老舗(しにせ)百貨店やアーケード街のショーウィンドウには、ツリーに飾るオーナメントやプレゼント用のカラフルなグッズが数多く見られるようになっていく。

ただ、本来なら荘厳(そうごん)さを伴う祝祭も、現代っ子たちの手にかかれば、陽気なパーティーへと変容する。

こんがりと焼かれた七面鳥に巨大プディング。

讃美歌(さんびか)や祈りの代わりに、コンサートやダンスで盛り上がる。

そんな中、どちらかといえば荘厳さに偏り、間違っても「浮かれ騒ぐ」などということのないフランス人のシモン・ド・ベルジュは、メイフェアにある老舗ホテルのティールームでゆったりとお茶のカップを傾けながら、同じく軽薄さとは程遠い、外見も心も清純で奥ゆかしいユウリ・フォーダムに視線を移して尋ねた。

「そういえば、ユウリ、今年は、ツリーを飾ったのかい？」

白く輝く金の髪。

南の海のように澄んだ水色の瞳。

ギリシャ神話の神々も色褪せるほど完璧に整った容姿を持つシモンは、この週末をパブリックスクール時代からの親友であるユウリと過ごすために、はるばる海を越えてやってきた。

容姿だけでなく、ヨーロッパに名を轟かせるベルジュ家の直系長子で、フランス貴族の末裔という生まれにふさわしい優雅さと風格を兼ね備えた彼は、弱冠二十歳の身でありながら、一流ホテルの重厚なティールームで寛ぐ姿までもが、なんとも様になっていた。

頭脳も明晰で決断力があり、さらに、考え方が柔軟で問題解決能力にも優れている。

その完全無欠さは、まさに神の寵児といえよう。

そんなどこをとっても不足のない彼に、唯一欠点があるとしたら、それは、目の前の友人に肩入れしすぎているという点かもしれない。

その友人というのは、東洋的な風貌をしているという以外、さして特徴のないふつうの青年だ。

漆黒の髪に煙るような漆黒の瞳。

小柄で控えめな態度物腰は、日本人らしいといえば日本人らしい。

英国子爵の父親と日本人の母親を持つ彼は、どちらかといえば、母親の母国である日本的要素を多く有している。

そんなユウリの最大の特徴は、存在の美しさと神秘性にあるといえよう。

一見しただけではわからないが、ユウリは、近くで見れば見るほど、透明感のあるきれいな青年で、多くの人間が、気づかないうちに、その魅力の虜となっていく。また、どこか浮き世離れした雰囲気も、彼の神秘性を高める要因の一つとなっていた。

ユウリは、いわゆる「霊能力」といわれる特異な能力を持っていて、幼い頃から見えないものを見て、聞こえないものに耳を傾けてきた。それがよいことなのか悪いことなのかはともかく、ユウリという人間の核をなす重要な性質であるのは、間違いない。

紅茶にミルクを注いでいたユウリが、シモンの問いかけに「そうだね」と応じる。

「いちおう、毎年、小さいながらもツリーと『クリブ』に相当するガラスの置物くらいは飾っていたのだけど、今年は、アンリがそわそわしていたから、先週、一緒に大きなツリーを買いに行って、けっこう本格的に飾りつけをしたよ」

アンリというのは、シモンの異母弟で、今年、ユウリが通うロンドン大学に入学したの

をきっかけに、フォーダム邸に居候するようになっていた。

ちなみに、ケンブリッジ大学の教授であるユウリの父親は、ふだんはケンブリッジに居を置いているため不在で、母親と姉のセイラと赤ちゃんである弟のクリスは、現在日本で暮らしているので、ふだん、ロンドンのフォーダム邸にいるのは、ユウリと、家の管理を任されている執事のエヴァンズと、その妻だけである。

そのせいもあってか、アンリの存在は、あっという間にフォーダム邸に溶け込み、今ではかけがえのない住人の一人となっていた。

ユウリの説明に対し、水色の瞳をわずかに細めたシモンが、「やっぱり」と溜め息混じりに言う。

「そうではないかと思っていたんだ。というのも、アンリは、けっこうイベントの準備とかが好きで、ロワールでは、木を切り倒すところからやっていたくらいだから」

「木を？」

たしかに、広大な敷地を有するベルジュ家の城であれば、ドイツトウヒが売るほど生えているに違いない。

だが、だからといって、素人にそう簡単に木が伐れるものなのか――。

純粋に驚くユウリに、シモンが訊く。

「正直、迷惑ではなかったかい？」

　家庭には、それぞれ、その家の風習というのがあり、それは、部外者が簡単に侵していいものではない。そのへんの事情を慮ったシモンであったが、ユウリは「まさか」と笑って答えた。

「迷惑だなんてとんでもない。むしろ、エヴァンズ夫人なんか、久しぶりにクリスマスらしいクリスマスになると言って、とても喜んでいた。それで、せっかくだから、シュトレンを焼いてみると張り切っていたよ」

「ならいいけど、もし、アンリがわがままを言うようなら、僕に報告してくれたら、こちらでなんとかするから」

　兄らしい気遣いを見せるが、まったくの杞憂である。

　空気を読むのに長けているアンリが、他人の迷惑になるようなことをするわけがなかったし、仮に、多少迷惑なことをしたところで、ユウリの懐の深さは、海のごとく底が知れない。

　もちろん、どちらのことも知り尽くしているシモンにしてみれば、心配していると見せかけて、その実、弟への羨望に近い想いがあるのだろう。わかりやすく言えば、代われるものなら、自分がユウリと一緒にクリスマスツリーの飾りつけをしたかった――ということである。

　だが、他人の心の機微に敏感なユウリも、自分に向けられるその手の心情には若干疎いところがあるため、「そんなことを言って」と違うことを気にかけた。

「シモンこそ、きちんとロワールの城の飾りつけを手伝った？」

アンリとは対照的に、上に立つ人間として振る舞うことの多いシモンは、あんがい、その手の雑事を苦手としている。もちろん、やる気になれば、それなりに成果を出すが、それだって、みずからの手を煩わせるというよりは、うまく人を動かして、より完成度の高いものを作り出すという形になりがちだ。

「手伝ったよ」

一度はそう主張したシモンが、「いや」と言い換えた。

「というより、双子に無理矢理手伝わされたと言うべきか」

シモンには、アンリ以外に天使のように愛らしい双子の妹がいて、天真爛漫な彼女たちの言うことには、さすがのシモンもなかなか逆らえないらしい。

友人とその妹たちのやり取りを想像したらしいユウリの顔に笑みが広がる。

「そっか。——なんか、いいな、そういうの」

「そう？」

「うん。すごく楽しそう」

「ふうん」

素直に羨ましがるユウリを複雑そうに眺めやったシモンが、その視線を窓の外へと移しながら、小さく呟く。

「正直、そんないいものでもないけどね……」

その一瞬、木枯らしの吹き抜けるロンドンの街並みに、ユウリと過ごした学び舎の景色が重なる。

あれからまだ二年は経っていないのに、もう遠い昔のことのように思える。

と——。

腕時計を見おろしたユウリが、「あ」と声をあげたため、顔を戻したシモンが、「時間かい？」と尋ねた。このあと、彼らは、他の友人たちと合流し、市内の某所で開かれるデザイナーの卵たちが主催するファッションショーを観に行くことになっていた。

「そうだね」

言いながら、紅茶のカップに手を伸ばしたユウリが答える。

「そろそろ、移動したほうがいいかも」

「了解」

そこで、彼らは紅茶を飲み干して席を立ち、暗くなり始めたロンドンの繁華街へと繰り出していった。

ファッションショーの会場となっているのは、古い倉庫を改築した建物で、打ちっぱなしのコンクリート壁が、冷ややかでスタイリッシュな印象を与えている。周辺にたむろしている輩も、ふだん、ユウリやシモンが付き合う仲間たちとは違い、一種独特な雰囲気を醸し出していた。

2

鼻ピアス。

男の化粧。

白やピンクや紫など、明らかに着色したとわかる髪の色。

当然、着ている服も奇抜で、中には男女の別がわからないユニセックスな印象の人間も交じっている。

どうやら、ここでは、正統派のユウリやシモンのほうが異質の存在であるらしく、特にシモンに対しては、いつもとは若干違う好奇と敵愾心のようなものが入り混じった視線が寄せられた。

「……なんだか、変な感じがするよ」

建物から漏れてくる重低音のリズムにかき消されないよう、軽く腰を曲げてユウリの耳元で告げたシモンに対し、ユウリが「そうだね」と頷きながら、周囲に視線を泳がせる。

（何かが――）

ユウリの漆黒の瞳が、かすかに翳りを帯びる。

先ほどから、何かがユウリの神経に引っかかっているのだが、いかんせん、ここにあるすべてが日常とはあまりにかけ離れているため、感覚が麻痺してしまったらしく、その正体に辿り着けない。

想像するに、この手の業界にありがちな自己顕示欲の歪んだ思念なのか。

それとも、かつて、この地で亡くなった人間の妄執のようなものが、静かに何かを訴えかけているのか。

と――。

（あ、消えた……？）

寄せられていた圧迫感が途切れ、ユウリは知らず息を吐く。

おそらく、マイナスの気を放っていたモノが、知覚できる範囲内から出ていったのだろう。

ユウリがホッと肩の力を抜いていると、吐息を聞きのがさなかったらしいシモンが、ユウリを見おろして訊いた。

「大丈夫かい、ユウリ？」

繊細な友人が混雑する場をあまり得意としていないのを熟知しているシモンが、足を止めて確認する。

「やっぱり、やめておいたほうがいいんじゃないかい?」

「ううん。ごめん、もう大丈夫」

「――もう?」

耳聡(みみざと)く聞きつけたシモンが、「ということは」と突っ込む。

「ちょっと前までは、あまり大丈夫ではなかったわけだ?」

「……ああ、うん。まあね」

誤魔化(ごまか)すように視線を落として曖昧(あいまい)に認めたユウリが、「でも」と笑顔を取(と)り繕(つくろ)って続けた。

「本当に、もう大丈夫だから」

それから、シモンの服の袖(そで)を引いて「それより」とうながす。

「中で、みんな待っていると思うから、急ごう」

あまり納得してはいないらしいシモンであったが、仕方なく、ユウリに引っぱられるまま歩き出した。

入り口脇(わき)に設置されたテントで受け付けをすませ、仕切り代わりの黒いカーテンをくぐると、中は暗く、中央に長く延びるランウェイだけが、輝かしくライトアップされている光景が目に飛び込んでくる。

選ばれし者たちだけが歩ける栄光の道――。

スターのために用意された輝かしい道である。

もっとも、今日は、服飾学校を卒業したばかりの駆け出しのデザイナーたちが主催するイベントであるため、モデルのほうも素人か、事務所に所属はしているものの、いまだ名前の売れていない若者たちであるはずだ。

ただ、招待客の中には、大手モデル事務所のスカウトマンや、デザイナーを発掘しようとしている各服飾メーカーの人事担当などがいるらしく、熱気と気合の入り方が半端ではない。

緊張感と高揚感。

それに、牽制(けんせい)と抑え切れないぎらぎらした欲望だ。

先ほどからシモンに向けられている視線も、シモンをその手の関係者と勘違いしてのものである可能性は高い。しかも、シモンの場合、本人がその気になりさえすれば、大勢の大人やお金が動くことを考えると、あながち、間違いとも言えないだろう。

とはいえ、今日のシモンは、あくまでもプライベートで来ている。

というのも、このショーには、彼らの仲間の一人であるエリザベス・グリーンの養護施設時代の友達がヘアメイクやデザイナーとして参加していて、その関係で、ユウリやシモンのみならず、若手俳優として活躍しているアーサー・オニールやユマ・コーエンなども観に来ることになっているからだ。

それなのに、会場内を見まわしても、それらしい人物は見当たらない。

今を時めく英国人スターであるオニールや、演技派女優として名を馳せているユマが、若い子たちの集まりであるこのような場所に素顔で来るとは思えなかったが、どれほど変装していても、あれだけのオーラを隠すのは難しいはずなので、見当たらないのであれば、まだ来ていないのだろう。

それにしても、人が多い。

人口密度が高く、思念と思念がぶつかり合う。

それは、目に見えないエネルギーとなって、乱雑にこの場に渦巻いていた。

おかげで早々に人あたりを起こしてぼうっとし始めていたユウリを、シモンがすかさず胸元に引き寄せ、そのまま人波を割るように歩いて行く。

シモンがユウリを連れて行ったのは、黒いカーテンに仕切られた奥まったエリアで、最後は、ほぼ強引にその中に押し込んだ。

その間、されるがまま、身を任せていたユウリであったが、辿り着いた先は、VIP席として周囲から遮断されたスペースになっているらしく、先に来ていた一級下のエドモンド・オスカーが、心配そうにユウリを迎えた。実は、ユウリが気づいていなかっただけで、遠くから、オスカーが彼らのことを呼んでいたのだ。

「大丈夫ですか、フォーダム」

同じパブリックスクールの後輩であるオスカーは、シモンの異母弟のアンリと同様、今年からロンドン大学に所属する学生になり、今では、すっかりユウリを囲む仲間の一人と化していた。

黒褐色の髪に黒褐色の瞳。

シモンやアーサー・オニールと比べれば、華もなく、いたってふつうの青年だが、一般の感覚で見たら、確実に「イケメン」の部類に入る顔立ちをしている。利発でアウトローの気質を持つ彼であったが、寮生活の中でユウリと接するうちに、気づけば、かなり熱烈な信奉者となっていたのだ。

シモンの腕の中で一息ついたユウリが、オスカーを見あげて言う。

「平気だよ、オスカー。ちょっと熱気に圧倒されただけだから、心配しないで。――それより、一人？」

「いえ。リズと待ち合わせて来たんですけど、リズは今、サリーに頼まれて、裏方を手伝いに行っています」

リズというのは、エリザベスの愛称で、サリーというのが、エリザベスの友人であるヘアメイク担当の名前だ。

エリザベスたちのいた養護施設は、ユウリたちが所属していた全寮制パブリックスクール、セント・ラファエロから車で一時間ほどの場所にあって、年に何度か、ボランティア活動に訪れていた関係で、それぞれが昔からの顔見知りである。

ユウリが、周囲を見回しながら問う。

「それなら、アーサーとユマは、まだ？」

「そうみたいですね。——というか、俺は見かけていないんですけど、リズが、何か知っているらしくて、でも、教えてくれませんでした」

「教えてくれないって、なんでだろう？」

「さあ」

そんな会話をするうちにも、ショーが始まったため、彼らはひとまず席に座って楽しむことにした。

どうやら、このＶＩＰ席は、招待客用に作られたスペースであるらしく、見物客の中にはスーツ姿の男性などもちらほら見られた。

音楽がひときわ大きくなり、最初のモデルがランウェイを歩いてくる。

観客席から、歓声と拍手が沸き起こった。

人混みから隔離されたことで調子を取り戻したユウリも、その華やかな舞台を存分に楽しむ。

この日のために丹精込めて作られた衣装。

ランウェイを歩くために、日々トレーニングしているモデルたち。

彼らの努力の結晶が、この一瞬、一瞬を作っていると思うと、他人事ながら心が熱くなっていく。

と――。

一度暗くなったランウェイに、突如、男女のカップルが現れた。

それまでは、男女が交互に単独で歩いてきていたのだが、ここから少し趣向が変わるようである。

二人とも黒褐色の髪をしていて、同じような濃い色のサングラスをかけている。テーマは、「瞬間の触れ合い」となっていて、服も、二人で一つの作品になるようにデザインされているようだ。

だが、何より目を引いたのは、二人のモデルの緊張感をいっさい感じさせない堂々とした歩きっぷりだった。今までのモデルたちとは明らかに違う、振る舞いと表情に余裕と享楽が感じられる。

二人の登場で、まず、ユウリのまわりにいる大人たちが色めき立ち、その後、徐々に観客席に奇妙なざわめきが広がっていった。

周囲の大人たちの反応は、なんとなく理解できる。おそらく、金の卵を見つけたという貪欲な興奮であるのだろう。

それに対し、観客席のほうのざわめきは、少々意表をついたものといえる。

それまでの歓声や盛り上げとは明らかに違う、モデルに対する戸惑いと期待の入り混じった観客自身の動揺が表れたようなざわめき方である。


——ねえ、あれ。

——嘘。

——え～、違うでしょう。

——でも、似てない？


ざわめきに混じり、そんな言葉も聞こえてくるようだ。

VIP席にいるユウリも、それと似たような、だが、むしろ確信に近い考えを抱いて隣にいるシモンの腕を引く。

「——ね、シモン、あれって」

それに対し、とっくに見抜いていたらしいシモンが苦笑を交えて応じる。

「そうだね。ユマとオニールだ。——道理で、二人とも姿が見えないと思ったよ」

それは、紛うかたなく、アーサー・オニールとユマ・コーエンの華麗に変装した姿だった。

「そうか。会場にいるって、出演者として――だったんだ？」

驚きつつ、ユウリはプログラムに目を落としたが、そこには、モデルの名前として「サム・ボウイ」と「エニー・ガール」という代名詞としか思えない呼び名が載っているだけだった。ただ、デザイナーは、エリザベスと同じ養護施設出身のメアリーで、オニールやユマのみならず、ユウリやシモンとも顔馴染みである。

横から一緒にプログラムを覗き込んだオスカーが、小さく口笛を吹いて言う。

「ふざけてますねえ」

「うん。……だけど、モデルとして出るって、なんで先に一言、言っておいてくれなかったんだろう？」

ユウリが疑問を呈すると、肩をすくめたオスカーが、苦々しそうに意見を述べた。

「きっと、フォーダムのその驚いた顔が見たかったからですよ」

さらに言えば、不意打ちでスター性を見せつけることで、ユウリの中でのオニールの評価をあげる狙いがあるのだろうという邪推も簡単にできたが、さすがに、下級生として、そこまでは口にできなかった。

それでも、内心は「やってくれた」という思いでいっぱいである。

ふだんは、炎のように美しい赤毛とトパーズ色に輝く瞳が特徴のオニールであるが、今は、それぞれ、黒褐色のカツラと濃い色のサングラスの下に隠してしまっている。それでも、彼の洗練された立ち居振る舞いや華やかさは隠しようがない。

対するユマは、もともとスターとしてのきらびやかさより、演技派女優として名をあげているため、オニールほど熱狂的なファンはついていないし、アイドルのような扱いもされることはなかったが、やはりこうしてスポットライトを浴びて堂々と歩く姿は、なんとも魅力的で近付き難いオーラを放っていた。

呆然と見あげるユウリを、軽やかにターンしたオニールが、サングラスの脇から誘うような流し目で見返す。その男性的な色気に、同性であるにもかかわらず、ユウリは不覚にもドキリとしてしまう。

これが女性なら、きっと卒倒していたはずだ。

「……やっぱり、アーサーって、かっこいいんだなあ」

思わず漏れたユウリの誉め言葉に、シモンとオスカーが、それぞれ、複雑そうな表情でユウリを見おろした。

まさに、オニールの思うつぼだと思ったのだ。

今回、オニールが、フランスにいるシモンに対し、いつにも増して強硬に遊びに来るよう勧めたのも、これを狙ってのことだったのだろう。海を隔てた場所にいてもなお、ユウリの絶対的守護者の地位を譲る気のないシモンに対し、オニールなりの意趣返しだ。

「……まったく、やってくれるよ」

シモンが口中で呟き、ユウリの手からパンフレットを取り上げる。

「あと、何人くらいだっけ？」

「……えっとちょうど半分くらいかな？」

答えたユウリが、舞台上に目を戻した。すでにオニールとユマは引っ込んでいて、そのあとも、ショーは滞りなく進んでいる。

だが、何げなく舞台袖に目をやったユウリは、ふと、そこに、何か異質な気配を感じ取り、漆黒の瞳を細めた。

（……また）

それは、先ほど入り口付近で感じたのと同じ、ユウリの神経に引っかかる何かの気配である。

（いったい、何が——）

ユウリが不安げに思った、その時だ。

重低音の音楽に混じって、かすかに女性の甲高い悲鳴が聞こえた。

おそらく、舞台袖に近い場所であったから聞こえたのであって、一般客のいるところまでは届かなかっただろう。

それでも、間違いなく悲鳴があがったことは、その後、しばらくランウェイにモデルが登場しなかったことからもわかる。

不自然な空隙（くうげき）。

その間、音楽だけが、変わらず大きな音で流れていた。

裏で、何かあったのか。

観客席が、ざわつき始めた。

嫌な予感にかられたユウリが、なかば腰を浮かせて舞台の奥に視線をやる。

「……どうしたんだろう？」

ユウリの問いかけに、シモンが応じる。

「わからないけど、トラブル発生というところだろうね」

すると、席を立ったオスカーが、二人を見おろして告げた。

「ちょっと、様子を見てきます」

「でも、通行証（パス）がないと入れないんじゃ……」

心配するユウリに、振り向きざま、首にかけた通行証を見せて、オスカーは答えた。

「手が借りたい時用にと言って、リズからバックステージパスを預かっているんです」

「そうなんだ」

ユウリが答える間にも、オスカーは颯爽（さっそう）と歩き去ってしまう。

その背を見送っていたユウリの背後で、シモンが言った。

「オスカーとリズは、ずいぶんと仲がいいようだね」

「え？」

何かの気配に気を取られていたユウリは、意表をつかれ、振り返って答える。

「仲がいいか。……うん、そうかな。たぶん、すごく気が合うんだと思う」

「でも、だからといって、付き合っているふうには見えない」

「……そう？」

男女の関係には疎いユウリが首を傾げていると、ふいに会場内がどよめいた。

ランウェイを見れば、そこに、スポットライトを浴びて、一人のモデルが歩いてくるところだった。

その堂々とした歩きっぷり。

先ほど、ユマとオニールも颯爽とランウェイを歩いて会場を沸かせたが、今、ランウェイを闊歩している女性に比べたら、やはり素人の域を出なかったと言えよう。

目の前の女性の歩き方は、その一往復で万人を魅了する一流モデルのものである。

ユウリの隣でシモンが、意外そうに呟いた。

「……へえ。メリンダ・スーンじゃないか」

「有名な人？」

知らなかったユウリが訊くと、少々驚いたように水色の瞳でユウリを見おろしたシモンが、「そうだね」と応じる。

「イギリス人のトップモデルだよ。パリコレにも時々出ているから、僕でも知っているわけだけど」

「そうなんだ」

たしかに、揺るぎない足取りでランウェイを歩いていく女性からは、絶対的な自信と服に対する愛情が感じられる。

そんな彼女に向かい、会場内に潜り込んでいたパパラッチや雑誌の記者たちがいっせいにカメラのフラッシュを焚いたせいで、あたりは、一瞬、白いハレーションの海に沈み込む。

そして、気づけば、ユウリが気にしていた例の気配は、すっかりなりを潜めていた。

彼女のオーラに恐れをなしたか——。

「すごいね」

ユウリが感心する。

「あんな光を浴びたあとでは、足下なんかまったく見えないだろうに、踏み出す一歩にいっさいの迷いがないなんて」

「それは、プロだからね」

シモンがあっさり応じたところで、バックステージに行っていたオスカーが戻ってきて二人に裏の事情を説明した。

「どうやら、モデルの一人が、出る直前に貧血で倒れたらしく、スタッフが混乱したみたいです。とっさのことで、トラブル対応できる人間がいなくて、あの奇妙な間ができてしまったというわけです。――ま、そこが素人なんでしょうけど」

「かわいそうに」

ユウリが、倒れたモデルに同情する。

「きっと、ものすごく緊張していたんだろうな」

「まあ、そうでしょうね」

応じたオスカーに、シモンが尋ねる。

「だけど、それで、なぜ、メリンダ・スーンが？」

「ああ、あれは、俺も驚きました」

両手を開いたオスカーが、「事情はよくわからないんですが」と前置きして、説明する。

「なぜか、バックステージに彼女がいて、モデルの女の子が倒れたことで、みんなが何をどうしていいかわからずにオロオロしていたら、『私が代わりに出るから、準備して』と言ってスタッフを動かしたんですよ。――おかげで、なんとかショーが続けられて、倒れた子は救急車で運ばれ、リズが病院まで付き添って行きました」

「そう」

エリザベスはしっかりしているので、彼女が一緒なら安心だ。

そこで、ユウリは、改めて壇上を歩くトップモデルを見る。

いったいどんな事情があって、彼女がこの場に居合わせたのかはわからないが、少なくとも、明日のゴシップ誌は、この話題で持ちきりだろう。一種の美談であるのは間違いないが、見方を変えれば、このイベントの主役が主催者から彼女に移行してしまったということに他ならない。

もちろん、メリンダは善意で名乗りをあげただけなのだろうが、それが、必ずしもプラスに働くとは限らなかった。

ユウリは、煙るような漆黒の瞳を伏せ、嫌な予感を頭から振り払う。

そこへ、メイクを落として着替えをすませたオニールとユマが出てきて、トラブルのことを聞きたがった。どうやら、二人は、出番が終わるとすぐに別室に移動してしまったため、騒動の場面には居合わせなかったらしい。

もし、オニールとユマがいれば、おそらく、あれほど長くショーが中断することはなかっただろう。

なんといっても、パブリックスクール時代には、シモンのバックアップを受けつつ全校生徒の頂点である総長の座について学校運営を取り仕切っていたオニールだ。

あの程度のトラブルくらい、なんなく解決できたに違いない。

メリンダ・スーンが会場を沸かせてくれたおかげで、中断しかけたショーは、なんとか無事終了し、一足先に会場をあとにしたシモンとユウリは、あとから合流した友人たちとロンドンの繁華街に繰り出し、週末の夜を大いに満喫した。

3

　珍しく羽目を外してしまったユウリとシモンは、翌朝、そろいもそろってかなり遅い時間になって起きだし、食堂へと降りてきた。

　新聞を読んで待っていたアンリが、顔をあげて挨拶する。

「おはよう、兄さん、ユウリ。――って、もう昼だけど」

「おはよう」

「やあ、アンリ」

　久々の兄弟再会であるにもかかわらず、シモンが、挨拶しながら軽く欠伸を漏らすのを見て、アンリの苦笑が深くなる。

「兄さんにしては、珍しく飲み過ぎたようだね」

「――ああ、相手が悪かった」

　オニールもユマもやたらと強く、さらにエリザベスはザルだった。

　アンリが、興味深そうに尋ねる。

「正直、誰がいちばん強いわけ？」

　シモンとユウリが顔を見合わせ、シモンが答える。

「リズだろうね。ユマも強いけど、リズは本当に強いよ」

「そうなんだ」

シモンもかなり強いほうだが、性格上、浴びるほど飲むことはない。

ユウリにいたっては、ほとんど付き合いで舐(な)める程度にしか飲まないので、今朝は、完全にグロッキー状態だ。

テーブルにつっぷしたユウリを労(いたわ)るように見てから新聞に手を伸ばしたシモンが、アンリに尋ねる。

「それで、お前のほうは、変わりない？」

「そうだね」

「昨日は、どのあたりまで遠出したんだ？」

「リッチモンド。キューガーデンとか回ってみた」

「へえ。——まあ、好きにするといいけど、事故だけは起こさないでくれよ」

名目上、シモンは、異母弟であるアンリの様子を見にロンドンに来たことになっているが、アンリは、たいてい、シモンが来るのを見計らったように出かけてしまう。

昨日も、一緒にファッションショーを観に行かないかと誘ってはいたのだが、買い替えたばかりのマウンテンバイクを慣らしたいから遠出してくると言って、早くから出かけてしまったのだ。

当然、シモンとは顔を合わせていない。

兄弟仲は非常によかったが、だからといって、べたべたとつるむような間柄ではないのだろう。

黒褐色の髪に黒褐色の瞳。

顔立ちは似ているが、シモンよりも野性味の強い容姿を持つ。

基本、金髪碧眼（へきがん）であるベルジュ家にあって、唯一外見の異なるアンリは、父親がロマの女性と浮気をしてできた子供であるため、一族の中では異質の存在だった。

浮気といっても、実のところ、不可思議としか言いようのない現象の結果であり、厳密に浮気と言えるかどうかは定かではなかったが、遺伝上は、ベルジュ伯爵とロマの娘であるマリアとの間にできた子供であるのは間違いなく、やはり結果として、ベルジュ伯爵の浮気ということにならざるをえないのだ。

そのせいで、正義感の強い長男と父親の間に深い溝ができ、反抗期に突入していたシモンは、父親の影響が及びにくい全寮制パブリックスクールへの留学を勝手に決めてしまった。

そうして単身英国へと旅立ったシモンを、一つの運命が待ち受けていた。

ユウリとの出会いである。

思えば、それらすべての出来事が、必然という抗（あらが）いがたい力に動かされていたとも考えられるが、ともあれ、そのような流れの中で、アンリ自身は、五歳の時、母親であるマリアが亡くなり、本人の望みとは関係なくあれよあれよという間にベルジュ家の一員となって、それまでのロマとしての生活から一変、良家の子息としての人生が始まった。

そんな特殊な生育環境のせいか、不安定な状態にあっても、抜群のバランス感覚を発揮して、どんな苦境も乗り切れる強さを秘めた青年へと成長した。

そして、ロワールの城にいる間は、おとなしく妹たちの面倒をよく見ていた彼も、フォーダム邸での暮らしに慣れてくるにつけ、孤独と自由を愛する本来の気質に従い、けっこう好き勝手に振る舞うようになっていた。

シモンは、そんなアンリのことを理解しているので、フォーダム家に迷惑がかからない限り、うるさいことを言う気はさらさらないようだ。

新聞に目を通していたシモンが、「ああ、ほら」と言って、見やすいように紙面をユウリのほうに向けながら続ける。

「昨日のことが、記事になっているよ」

すると、すでに目を通していたアンリが、「やっぱり」とおもしろそうに言った。

「それ、兄さんたちが観に行ったイベントでのことか」

「そう」

「そこに、メリンダ・スーンがいた？」

「記事にあるとおり」

それに対し、アンリが何げなく「メリンダ・スーンといえば」と口にする。

「一時期、兄さんに――」

とたん、「え?」と驚いてユウリが身体を起こすのと、水色の瞳をすがめたシモンが異母弟を視線で牽制したのが、ほぼ同時だった。

ユウリが、シモンの横顔を見つめて問う。

「シモン、実は、彼女と知り合いだったの?」

申し訳なさそうに首をすくめたアンリからユウリに視線を移したシモンが、「まあね」とつまらなそうに応じて説明する。

「あの時も言ったけど、彼女はパリコレに何度か出ているので、その時に、紹介されたことがあったけど、その程度だから」

「紹介……」

とても「その程度」とは思えなかったが、考えてみれば、フランスのファッション業界にとって上客であるベルジュ家の人間がパリコレに招待されるのは当然で、その関係からトップモデルと知り合いであっても、まったく不思議ではなかった。

それを思えば、ランウェイを歩くメリンダが、帰り際にこっちを見て微笑んだように見えたのも、あながち勘違いではなかったのだろう。ただ、視線を送った相手がユウリではなく、隣にいたシモンだったというだけで──。

　ユウリが、納得して呟く。

「そうか。彼女とねえ」

　シモンが、眉をひそめて確認する。

「ユウリ。君、何か勘違いしていないかい？」

「ううん。大丈夫」

「何が、大丈夫？」

「わからないけど、心配しないで」

「──十分心配だよ」

　げっそりと応じたシモンに対し、アンリが口元に笑いをにじませて「それで」と自分が脱線させてしまった話を本筋に戻す。

「なぜ、メリンダ・スーンが、こんな素人集団に交じってランウェイを歩いたわけ？」

　いわゆるゴシップ記事も扱う新聞の芸能面には、メリンダ・スーンがランウェイを歩く姿が載せられていて、キャプションとして「美しき女の友情」と書かれていた。

　ユウリが説明する。

「リズの話では、ショーの途中で倒れたのは、メリンダ・スーンの付き人をしているモデル志望の女の子だったらしく、メリンダは、その時、お忍びで差し入れを届けに来ていたんだって」

「それじゃ、その付き人のために、代役を買って出たんだ？」

「うん」

するとエヴァンズが淹れてくれたコーヒーに手を伸ばしたシモンが、「ただ」と業界の鉄則を教えてくれる。

「メリンダの場合、いくつかの企業と契約を結んでいて、本来は、あんなふうに勝手にランウェイを歩くことはできないはずなんだ」

「ああ、まあ、そうだろうね」

当たり前のように応じたアンリは、さすが、ベルジュ家の次男坊だけあって、世捨て人のようでありながら、それなりに商業的な裏事情にも精通しているようである。

それに比べ、世事に疎いユウリなどは、そういう常識がまったくわからず、昨夜、みんなの会話から初めて知ったことばかりだ。

ちなみに、昨夜の話では、オニールも、某企業とＣＭ契約を結んでいるため、本来ならメリンダと同じ立場にあったが、昨夜のショーは、あくまでも素人たちのイベントに過ぎず、決して宣伝目的ではないことから、正体を伏せるという条件で、事務所の許可がおりていた。

華やかな芸能人には、それなりに煩わしさもあるということだ。

　ユウリが、紙面を飾るメリンダの美しい姿を見つめながら、訊く。

「それなら、メリンダは、どうなるんだろう？」

「わからないけど、まあ、商業目的ではなかったし、事情が事情だから、あくまでも友情出演ということで、大目に見てもらえるんじゃないかな」

「そう。……なら、いいけど」

　ユウリはホッとする反面、ふと、昨日、熱気とともにあの場に渦巻いていた飽くなき欲望のようなものを思い出し、不安そうに紙面を眺めた。

　ここには写し出されていない大勢の卵たち――。

　この一年、あの舞台のためにがんばってきた彼らが、ようやくスポットライトを浴びて主役の座に躍り出ることができる一日であったはずなのに、結局、注目をされたのはたまたまそこにいた従来のスターで、影の存在は影の存在として光の当たらない世界に留まり続けている。

　そのことを、彼らはどう思っているのか。

　エリザベスやユマの話からわかったことだが、メリンダ・スーンは、とてもいい子であるらしい。トップモデルであることを鼻にかけるでもなく、ただ、仕事に対するプライドはしっかり持っていて、まさに、モデルになるべくして生まれてきた女の子であるそうだ。

しかも、プライベートでは明るく友達想いで、今回のことも、いつも彼女をサポートしてくれる付き人のためによかれと思って行動しただけだという。

そんな善意であれば、善意のまま終わってくれればいいが、せっかくの善意が、時に裏目に出ることはままある話で、ユウリは、今回のことは、美談だけではすまず、何か不安定な要素を含んでいる気がして、どうにも落ち着かない気持ちになった。

（何も、起こらなければいいけど……）

だが、ユウリの願いに反し、ことは急速に悪いほうへと向かい始めていた。

しかも、それは、思いもよらぬところに飛び火し、やがてユウリをも巻き込んでいくことになるが、この時のユウリもシモンも、まだそのことに気づくことはなかった。

4

週明け。

ロンドン東部にある自宅で、ファッションショーの記事が載っている新聞を見ていたスーザン・ネイドは、紙面をグシャッと握(にぎ)り潰(つぶ)して唇を噛(か)んだ。

(なぜ――)

彼女は思う。

(どうして、私じゃないの?)

しわくちゃのままテーブルの上に投げ出された紙面には、メリンダ・スーンの美しい笑顔が歪んで見えていた。

その横には、「美しき女の友情」という賛辞が添えられている。

メリンダ・スーンは、たしかに美しい。

こうして、タブロイド紙が一面に載せたがるのも、わからなくはない。

だが――。

そこで、苛立(いらだ)ちをぶつけるようにダンッとテーブルを叩(たた)いて、スーザンは呟いた。

「……貴女(あなた)じゃないでしょう⁉」

カメラのフラッシュを浴びて笑顔を見せているメリンダ。

脚光を浴びて、それを当然のように受け止めている超売れっ子のトップモデル。

けれど、あの瞬間、あの場で笑顔を見せているのは、本来、彼女ではなくスーザンのはずだった。

あの時、貧血で倒れてさえいなければ、他でもない彼女――スーザン・ネイドが、脚光を浴びていたはずなのだ。

「メリンダではなく、私が――」

メリンダの付き人をしている彼女が、付き人ではなく、モデルとして脚光を浴びるはずだった晴れ舞台。

あのランウェイは、彼女のために用意された栄光の道であった。

彼女が、スターとして生まれ変わるはずだった日。

十代がピークと言われるこの業界で、すでに二十歳に手が届く彼女にとっては、これが最後のチャンスだったはずだ。

それなのに、彼女の運命を邪魔した者がいる。

なんとも口惜(くや)しい。

誰かが、彼女からすべてを奪い、それを自分のものにしたのだ。彼女が立つはずだった舞台に、我が物顔で姿を現して――。

（そうよ）

テーブルの上にあるしわくちゃの新聞を見おろして、スーザンは思う。

（メリンダさえいなければ……）

メリンダ・スーンが、スーザンの幸運を横からかっさらったのだ。

（あの女は、吸血鬼のように、人から幸運のエキスを吸い取っていく。きっと、今までだって——）

それは、まったくバカげた妄想だった。

そもそも、ここまで大きく紙面で取り上げられているのは、それがトップモデルのメリンダ・スーンに関する話題だからであり、メリンダのことがなければ、素人たちのファッションショーなど、紙面の端っこにでさえ載ったかどうかわからない。

だが、スーザンの中で、新聞に載ることは絶対的事実となっていて、そこに、誰の写真が載るべきかに焦点が移ってしまっている。

今のスーザンは、理知的な思考ができなくなっているようだ。

いったい、何が、彼女をそうさせているのか。

と、その時。

テーブルの上で握り拳を作っていた彼女の中指で、キラリと指輪が光った。血のように濃い色をしたガーネットの指輪だ。

その指輪は、メリンダが契約している一流ファッション雑誌の撮影に同行した際、エジプトの砂漠で拾ったものである。

なかば砂に埋もれるように落ちていた指輪が、誰のものか、あるいは、どこから来たものかはわからない。わかっているのは、これが幸運の指輪で、これを手に入れた者は、なんでも望みが叶うということだけだった。

夢に出てきた人物が、そう彼女に告げたからだ。

ただし、そのために必要なのは——。

輝きを目にしたスーザンが、左手で右手を包むようにして顔に近づける。その目が、うっとりと指輪を見つめた。

「……わかっているわ」

誰が何をしゃべったわけでもないはずなのに、彼女はそう答えて指輪を外す。それから、慣れた仕草でカッターナイフを取り、カチカチと音をさせながらナイフの切っ先を出していく。

「わかっているの」

ふたたび呟いた彼女は、躊躇うことなく、自分の指先にナイフの刃を押しつけて力を込めた。みるみる盛り上がってきた血を、指輪の真ん中で光っている宝石の上にポタポタと垂らす。

赤いのガーネットの表面で、深紅の血が跳ね返ったかに見えた。

が——。

なんとも不思議なことに、堅いはずの鉱石が、飲み込むように血を吸い込んだ。いくら垂らしても、垂らしても、彼女の流す血はテーブルには零れず、赤いガーネットに吸収されていく。

そうして、血を受けた鉱石が赤みを増し、毒々しいほどの輝きを放った。

「——ねえほら、どう？」

言いながら、彼女は赤い石をうっとりと眺める。まるで、その表面に、望んだ未来でも見えているかのように——。

だが、ふとその表情が翳り、スーザンは小さく首を横に振る。

「わかっている……」

やがて、指先の血が凝固して止まったところで、彼女はふたたび指輪をはめると、先ほどより濃さを増したガーネットを悲しげに見おろして呟いた。

「……きっと、これでは足りないのね」

子供を触るように愛おしげに触れた指の下で、血を吸った赤い石がかすかに脈動するのがわかった。

「もっと、たくさん……」

その時――。

ジリリリリッと、甲高く玄関ベルが鳴った。

ビクッとしたスーザンは、顔をあげ、その場でしばらく様子を窺う。

すると、もう一度、ジリリリリッとベルが鳴ったので、ようやく重い腰をあげ、玄関扉の前に立つ。

覗き穴から外を見ると、レンズの向こうに間延びした顔をしたサリーが立っていた。

美容師の卵であるサリーとは、現在、月に一度、彼女の店にカットに通っているという間柄だ。

それに、年齢が近いせいもあり、前に何度か、休日を一緒に過ごしたこともある。

サリーを知ったきっかけは、若手女優のユマ・コーエンとメリンダが、初等教育にあるプレップスクールが一緒であったことで、まず、ユマを通じて養護施設出身の勤勉学生であるエリザベス・グリーンと知り合いになり、さらに、そのエリザベスが仲介して、同じ養護施設出身のサリーを知った。

サリーの姿を認めたスーザンは、一つ溜め息をついてから、扉をあける。

すると、花束を持ったサリーが顔をあげ、「――あ、ス」と元気に言いかけたが、すぐに口をつぐみ、戸惑った様子でキョロキョロし、部屋番号を確認した。まるで、出てきた相手が思っていた人物とは違ったため、動揺しているかのような表情である。

スーザンが、訝しげにサリーを見て問いかける。

「サリー、どうかした？」

「――あ、え、スーザンよね？」

「そうよ。誰だと思ったの？」

言い返され、動揺から間の悪そうな表情に変わったサリーが、「ごめんなさい」と謝る。

「いつもとあまりに様子が違うから、一瞬、部屋を間違えたかと思って」

スーザンが、眉をひそめて応じる。

「……まあ、今日は化粧もしていないし、身体もまだ本調子ではないから」

「そうよね。大丈夫？」

「いちおう」

「あ、これ、お見舞い」

花束を差し出したサリーが、続ける。

「でも、すぐに退院できてよかったね。ショーの後、みんな、心配していて、できたら、様子を見てきてって頼まれたの。――ほら、私、今日は遅番だから」

「そう」

「それで、まだ出勤までにちょっと時間があるから、何か買ってきてほしい物とかあれば、買ってくるわよ？」

「ありがとう。でも、特にないわ」

「本当に？」

「ええ」

スーザンが頷いた時、チラッと部屋の奥に視線を走らせたサリーが、「――ああ」と訳知り顔で頷いた。

「もしかして、彼氏か誰か、来てくれているの？」

「――え？」

意外そうに応じたスーザンが、若干戸惑いがちに言い返す。

「誰も来ていないけど」

「でも、今、奥に人影が見えた気が……」

それに対し、顔をしかめて背後を振り返ったスーザンが、気味悪そうに部屋の奥を窺った。

短い廊下の先には、応接間と寝室が一続きになった部屋があるだけの狭い住居だ。

誰かいれば、すぐにわかる。

顔を戻したスーザンが言う。

「きっと、窓の外を飛んでいたカラスか何かの影よ」

「そっか」

　頷いたサリーが、再度尋ねる。

「……本当に、何か欲しい物とか、ない？」

「ええ」

　頷いたスーザンが、今日初めての笑みを浮かべて応じる。

「でも、本当にありがとう。来てくれて嬉しかった」

　それは、嘘偽りのない本心からの言葉で、サリーと話しているうちに、先ほどまでトゲトゲしていた心が、一瞬だけ和らいだようだった。

「いいのよ。お互い様だもん。――ショーは残念だったけど、また来年、一緒にがんばろうね」

　そう言い残し、サリーは帰っていった。

「……来年ね」

　扉を閉めたスーザンが、呟く。その表情に、今しがた見せた晴れやかさは微塵も残っていない。そうして、しばらくの間、玄関扉を背にたたずんでいたが、ややあってその場を離れると、歩きながら続けた。

「悪いけど、そんな先まで待てないわ」

　部屋に戻ると、テーブルの上に花束を無造作に置き、代わりにスマートフォンを取り上げてスライドする。

どうやら、電話の着信があったようで、確認すると、「仕事の話があるので、今夜、様子を見に行く」という事務所の人間からのメッセージが残されていた。

相手の口調からして、あまりいい話ではなさそうだ。

ここしばらく、スーザンの様子がおかしいというので、メリンダの付き人を交代したほうがいいのではないかという話も出ていたようだ。

もしかしたら、今日、仕事に穴をあけたことで、その話が具体化したのかもしれない。

スマートフォンを投げ出したスーザンは、椅子に腰をおろし、ぼんやりと考え込みながら言う。

「やっぱり、急いだほうがいいのかもしれない――」

それから、機械仕掛けの人形のようにぎこちない動きで立ちあがると、台所に行き、包丁立てから包丁を一本引き抜き、水に濡らしてゆっくりと研ぎ始めた。

シュッ。

シュッ。

平日ののどかな午前中。

テレビの音も何もしない静かな部屋には、スーザンが包丁を研ぐ鋭い音だけが、絶えることなく響いていた。

5

冬の朝は、明けるのが遅い。

初霜のおりたその朝、まだ暗いロンドンの通りを、ゴミ収集車がハザードランプを点滅しながら走っていた。

路上に置かれた大きなダストボックスからは、ゴミ袋に入ったゴミや、じかに捨てられたあらゆるものが際限なく湧(わ)き出(で)てくる。特に、ごちゃごちゃした繁華街の裏通りは、ゴミ収集人を悩ますようなゴミが多くて嫌になる。

ピー、ピー、ピー。

音を鳴らしながら収集車がバックして、収集人がダストボックスからゴミを投げ込んでいく。

その合間に、収集人の一人が、相方に向かって話しかける。

「よお、クリスマスは、どうすんだ?」

「田舎に帰るよ。毎年、親戚(しんせき)が集まるんだ」

「へえ、いいね」

羨ましそうに応じた男に、相方が尋ね返した。

「あんたは？」

「俺は、バーで飲んだくれるさ」

「家族は、いないのか？」

「ババアがいるが、どうせテレビばかり見てやがんだ」

　ふだんと変わらぬ、ありきたりな会話。

　と——。

　ゴミ袋の一つを摑んだ男が、顔をしかめて文句を言う。

「——また、変なゴミがあるよ。あ〜あ、やけにベタベタしている」

　それを聞いた相方が、嫌そうにペッと地面に唾を吐く。

「まったく。捨てるほうは、収集する人間のことなんて、これっぽっちも考えちゃくれねえからな。俺だったら、ちょっとは——」

　言っているそばで、ゴミ袋を取り上げていた男が、動きを止めて顔をしかめた。

「……なんだ、これ？」

　彼が言っているのは、ゴミ袋の下にあった何かである。全体的に、まるで血の気を失った人間の皮膚のように青白い色をしている。

　それに、形が妙に立体的だ。

　上に重なっているゴミ袋をいくつかどけた彼が、ふいに「ギャアアア」と叫び、背後に飛び退いた。

「し、し、し、し」

何か言おうとするが、舌が凍りついたようにうまく言えない。

異様なくらい目を見開いた彼が同じ言葉を繰り返すのを見て、眉をひそめた相方が「なんだ？」と言いながら近づいてくる。

「いったい、何があったって？」

訊いても答えない男の横からひょいとダストボックスの中を覗き込んだ相方が、底に横たわるものを見て、やはり「ギャアアア」と叫んで背後に倒れ込んだ。

「な、な、な」

同じく言葉が出ない相方の横で、最初にそれを見つけた男が、ようやくその単語を口にする。

「し、し、死んでる――！」

彼らが見つけたのは、完全に血の気を失った人間の死体だった。

死後硬直に加え、昨夜の冷気で、半分凍っているらしい。

ありうべからざる異常事態を前にして、呆然と顔を見合わせた二人は、しばらくして自分たちがやるべきことに思い至り、震える手でスマートフォンを取り出すと、急いで警察に連絡した。

第二章　やっかいな相談事

1

水曜日の午前中。

ロンドン市内の自宅で遅めの朝食を取っていたコリン・アシュレイは、手元のスマートフォンが着信音を響かせたところで、読んでいた新聞から視線を移した。そこに表示された名前を見て、「やれやれ」と小さく吐息をつく。

長身瘦軀。

底光りする青灰色の瞳を持ち、長めの青黒髪を首の後ろで無造作に結わいている。

傍若無人で傲岸不遜が板についた性格をしているくせに、どことなく妖しい雰囲気を醸し出すところが蠱惑的で、相対する人間を魅了してやまず、熱烈な信者となる人間があとを絶たない。

そんな彼は、英国に並ぶものはないと言われる豪商「アシュレイ商会」の秘蔵っ子と目され、ユウリたちと同じパブリックスクールを一年早く卒業したあとは、特に大学に行くわけでもなく、世界を股にかけてふらふらと悠々自適に暮らしている。

大学に行かない理由は、単に人に教わるようなことは何もないというだけで、実際、博覧強記で、悪魔のように頭が切れる彼と論争して勝てる教育者は少ないだろう。

あまりに能力がありすぎて現実世界が退屈でしかたない彼は、かねてより、おのれの能力を超えたところにある超常現象に興味を示し、オカルトに関する造詣も深い。また、この若さで、魔術書を中心に稀覯本の蒐集もしていて、その実力は、辣腕の猟書家でも舌を巻くほどだ。

そんな彼が、一つ年下のユウリに興味を持つのは、当然のことである。

世の中に眉唾の超常現象が溢れる中、ユウリのまわりでは、常に本物の未知なる力が蠢いている。何より、精霊界で「月の王」と認められているらしいユウリ自身が、半分オカルトのような存在であれば、興味を示すなと言うほうが無理である。

かつて世界を手中にした王たちがそうであったように、アシュレイは、ある意味、この世の神秘や永遠の真実を追い求めているともいえるが、まわりが見えなくなるほど熱中することはなく、もっと刹那的で、かつ現実主義者だ。

言い換えると、自分がおもしろければ、それでいい。

そして、今、彼に連絡してきたのは、ユウリ以外でもう一人、神秘の扉をあけるきっかけを提供してくれる、こちらも正真正銘本物の霊能力者であった。名前をミスター・シンといい、ウエストエンドの一角に店を持ち、いわくつきの品物を引き取ってくれるというので、その業界では有名だ。

ただし、この時期はいつも、夫婦で仲よくクリスマスを過ごすために、南の島へ行っているはずである。それが、いったいなんの連絡かと思いつつ、アシュレイはスピーカー機能にして電話に出る。

「なんだ？」

挨拶（あいさつ）もなければ、名乗ることもしない。年輩の男性に対してなんとも素っ気ない態度であったが、慣れているらしいミスター・シンは、ふつうに会話する。

『やあ、アシュレイ。元気にしとるか』

とたん、眉をひそめたアシュレイが、異なものでも見るような目でスマートフォンを見おろした。

「俺にご機嫌伺いの電話とは、あんたも、ついに耄碌（もうろく）したか？」

『そういうわけではないが、電話したからには、いちおう、挨拶くらいはしておこうと思ってな』

「無駄なことを」

『その様子じゃ、クリスマスの準備もしとらんのだろう』

「――だから?」

応じたアシュレイが、会話しているスマートフォンとは別のタブレット型端末を引き寄せ、OSを起動させながら続ける。その近くには、広げられた新聞の一面に、吸血鬼殺人の記事がある。それによると、昨日の早朝、ロンドン市内のダストボックスで見つかった死体からは全身の血が抜き取られていたというので、話題になっているようである。

「俺は、そこまで神を冒瀆しようとは思わないし、そもそも、あんたの茶飲み話に付き合っていられるほど暇ではないんだが」

『わかった、わかった』

電話の向こうで苦笑する気配が伝わり、ミスター・シンが『実は』と本題に入った。

『ウエストエンドの店に、不審者が侵入したらしい』

「へえ」

眉をあげたアシュレイは、タブレット型端末の画面をスライドさせながら言う。

「どうせ、ロクな警備システムを導入していなかったんだろう」

『バカ言っちゃいかん。最新のシステムを導入してある。それで、こうして遠くにいながら、侵入者があったことがわかったんだからな』

「だったら、警備会社の人間と話をしろ」

それだけ言って切ろうとしたアシュレイが、ミスター・シンの次の言葉で手を止めた。

『電話はした。それで、様子は見に行かなくていいと伝えた』

「――ほお？」

意外だったアシュレイが、電話を切ろうと手を伸ばしたまま、スマートフォンを見つめる。

「なぜだ？」

『ミイラ取りが、ミイラになるだけだからだ』

「ミイラ取りがミイラ？」

繰り返したアシュレイが、若干興味を示して訊き返す。

「どういうことだ？」

『いいか』

電話の向こうで、ミスター・シンが真面目な口調で説明し始めた。

『たしかに、念のため、店には最新の警備システムは導入しているが、たいていの泥棒は、あの場所には近づこうと思わんよ』

「それはまた、どうして？」

『そんなの、本能がそうさせるからに決まっとるだろう』

「へえ。……本能がねえ」

アシュレイが、半信半疑に相槌(あいづち)を打つ。

『疑っているようだが、日頃、真に用のない人間が店に辿(たど)り着(つ)けないのも、そのためだ。店が客を選んでいるとも取れるが、それは同時に、店を訪れる人間が無意識に決めているともいえるんだ。なんといっても、あそこは、負のエネルギーを持ったものたちの宝庫だからな。誰だって、できれば、近づきたくない』

「そうか？」

『前にも言ったが、あの店で寛(くつろ)げるのなんか、神経のいかれたお前さんくらいだよ。ふつうは、すぐに出ていきたがる』

つまり、直感で犯行場所を選ぶような泥棒たちなら、その直感があの店を避けようとするだろうし、あの店がどういう店であるか知っている人間なら、まず、盗みに入ろうとは考えない。

それが、あえて泥棒に入られたということは、おそらく、そこにある何かが、犯人を引き寄せた結果ということになる。

「神経がいかれていて、悪かったな」

化け物扱いされ、不満げに応じたアシュレイが、「それで」と話を進める。

「何か、盗(と)られたのか？」

『わからない』

「なら、侵入者は、どうなった？」

『それも、わからないんだ。侵入されてすぐに、防犯ビデオの映像が乱れて、中の様子がまったく摑めなくなっている』

「なるほど」

　アシュレイが、鼻で笑って続ける。

「つまり、中にまだ犯人が隠れているかどうかもわからないところに、俺を送り込もうって魂胆か」

『正直、そういうことになる』

　あっさり肯定され、さすがのアシュレイも苦笑せざるをえない。ある意味、アシュレイという人間をわかっているということだが、だからといって、素直に喜ぶ気には、当たり前だが、なれない話だ。

「警察には？」

『これからだ。さっきも言ったが、そのへんの人間を送り込んでも、ミイラ取りがミイラになる可能性があるからな。――わしが帰った時、店の中に累々たる死体の山があるなんて事態は、避けたい』

「俺は、いいのか？」

　アシュレイは可能性の一つを示唆したつもりだが、電話の向こうの相手は、トロピカル・カクテルでも飲んでいるような気安さで『ほっほ』と笑った。

『お前さんが死体になるようなら、誰を送り込んでも同じだろう』

「それは、誉めているつもりか？」

『そうだが、足りんかったか？』

「ふん」

バカバカしそうに相槌を打ったアシュレイが、少し考えてから、「で？」と訊く。

「様子を見に行ったとして、俺に、どんなメリットがある？」

『そうだな』

焦らすように間を置いて、ミスター・シンが告げる。

『昨日、地中海の島で、変わった呪詛板を見つけたんだが、それをお前さんに進呈するというのでは、どうだ？』

「呪詛板ねえ」

椅子の背に寄りかかり、アシュレイが天井を見あげて交渉する。

「それ以外に、ビザンチンの古文書でも手に入れば考えてやってもいいが……」

『ビザンチンか……。それは、まだなんとも言えんが、気をつけておく』

「なら、決まりだな」

『つまり、行ってくれるんだな？』

「ああ。さすがに、今すぐは無理だが、午後には寄れるだろう」

『十分だよ。助かる』

ホッとした様子のミスター・シンに、アシュレイが確認する。

「念のために訊くが、あんたの見立てでは、何がどうなっていると思うんだ？」

『さてねえ』

曖昧に応じたミスター・シンは、『こんなことは、わしにも初めてで』と弁解しつつ、予測した。

『何が起こっているかはさっぱりわからないが、通常では考えられない事態になっているのは、確かだろう。——思うに、行けば、きっと、お前さんの気に入る状況が待ち受けているはずだ』

2

同じ日の正午過ぎ。

ロンドン大学での講義を受けたユウリは、いつもどおり、仲間のたまり場となっているカフェにやってきた。そこには、お馴染(なじ)みの面々が集っていて、ユウリの姿を見つけると大きく手を振って迎えてくれる。

「やあ、ユウリ」

「どうも、フォーダム」

「やっほー、ユウリ」

炎のように美しい赤毛のオニールに、大人びた印象のオスカー、緑灰色の瞳が魅惑的なユマの順に挨拶したユウリが、オニールが引いてくれた椅子に礼を言って座りながら、一人足りない人物のことを問いかける。

「あれ、リズは？」

「リズは」

学年は違うが学部が一緒のオスカーが、ポテトをつまみながら答える。

「サリーと約束があるというので、今日は彼女とお昼を食べるそうですよ」

「ふうん」

「いちおう、サリーも一緒にって声をかけてはみたんですけど、なんか、女同士の話があるらしくて」

するとスマートフォンをチェックしていたユマが、「私も、いちおう」と軽口をはさんだ。

「女なんだけど」

それに対し、コーヒーのタンブラーを手にしたオニールが茶々を入れた。

「ユマは、中身が男だから、繊細な女性同士の話は無理だろう」

「あら、失礼ね。私だって、乙女な部分を持ち合わせているわよ」

反論したユマが、「あ、乙女といえば」とユウリに向かって訊く。

「ねえ、ユウリ。メリンダ・スーンとベルジュって、何かあるの?」

それに対し、サンドウィッチを食べていたユウリがモホッとむせて、コーヒーのタンブラーに手を伸ばす。

代わりに、初耳だったらしいオニールとオスカーが、顔をあげて身を乗り出した。

「え、マジ?」

「ベルジュ、あのメリンダ・スーンと付き合っているんですか?」

オスカーの口調には、心底憧憬(どうけい)する響きが込められている。

なんといっても、メリンダ・スーンといえば、一般人からすると、雲の上の人である。

その彼女と現実に噂されてしまうというのは、いくらシモンが、ふだんから自分たちとは違う世界の人間だと思っていても、さらに上を行く衝撃であったらしい。

コーヒーを飲んだユウリが、慌てて首を横に振る。

「さあ。知らないけど」

それに対し、言い出しっぺのユマがはっきり答えてくれる。

「少なくとも、今現在は、付き合っていないはずよ。——というのも、メリンダが、メールで、シモン・ド・ベルジュが会場に来ていたけど、誰の関係で来ていたのかって訊いてきたから。——ほら、付き合っているなら、それくらい知っているはずでしょう?」

「なるほど」

納得したオニールが、チラッとユウリを見おろして続ける。

「でも、過去には付き合いがあったのかもしれない」

「別れた相手が会場にいたから、複雑な気持ちになったんですかね」

男性陣の推測に対し、ユマが応じる。

「そうかもしれない。誰と仲がいいか、気にしているみたいだったから」

年下のオスカーが、小さく口笛を吹いた。

「まあ、ベルジュとメリンダなら、互いに隣にいて遜色ないし、むしろ、似合いのカップルって感じはしますね」

「そうねえ。少なくとも、パパラッチは大喜びだわ」

「だとしたら、あいつも、隅に置けないね」

好敵手を賛美するように言ったオニールが、ユウリの顔を覗き込んで確認する。

「ユウリ、本当に知らなかったのか？」

話がすっかりシモンとメリンダが恋人同士だったことになっているが、ユウリは特に否定もせず、「そうだね」と頷いた。

「シモンとは、あまり、そういう話はしないから」

すると、意外そうに「へえ」と呟いたユマが、女性らしい考えを口にする。

「それもおかしな話よね。他のことでは、まわりが引くほど仲がいいのに、お互いの恋愛事情に関してはノータッチなんて」

女性同士の友情では、ありえないというのだろう。

それに対し、同じ男性であるオニールが、「僕は」とシモンを擁護した。

「わからなくもないな」

「そうなの？」

「なんて言うか、神聖なユウリには恋愛にうつつを抜かしてほしくないけど、自分は、陰でちゃっかり彼女を作って楽しんでいるってことだろう」

「え、オニールって、そうなんですか?」

間髪を容れずに鋭い突っ込みをしたオスカーを、オニールがトパーズ色の瞳でジロッと睨みつける。

「そう言うお前だって、陰でリズとうまくやっているんじゃないのか?」

「やってませんよ」

きっぱり言い切ったオスカーに、ユマがチラッと視線を投げた。

「そうなの?」

「そうですよ」

すると、みんなの会話を聞いていたユウリが、真摯に問いかけた。

「なんで?」

「え?」

驚いたようにユウリを振り返ったオスカーが、黒褐色の髪をかきあげて首を傾げる。

「なんでと言われても……」

「僕はいいと思うけど。リズとオスカーって、一緒にいて、すごく自然だから」

「……いや、でも」

「ああ、もちろん、当人同士の問題だから、僕がとやかく言う話でないのはわかっているよ」

助言したと思いきや、あっさり話題から退いたユウリを複雑そうな目で見おろしたオスカーに対し、ニヤニヤしながら頬杖(ほおづえ)をついて成り行きを見守っていたオニールが「遠慮するなよ、オスカー」と焚(た)きつける。

「お前がいなくても、ユウリの面倒を見るのは、僕一人で十分だから」

「遠慮なんか――」

反論しかけたオスカーを制するように、「アーサーも」と、ユウリが横からやんわりと注意する。

「恋愛するなら堂々としたほうがいいと思う。少なくとも、遠慮か何か知らないけど、僕に隠れてする意味がわからないし、それでは、彼女が気の毒だよ」

「――いや、別に僕は」

珍しくしどろもどろになったオニールを横目に見て、彼の従兄妹(いとこ)であるユマが近親者としての意見を述べた。

「アーサーは、不特定多数の女の子と遊ぶのに、ユウリを言い訳にしているんじゃなくて？」

とたん、ギョッとしたようにオニールがユマを見た。

「バカ、ユマ。変なことを言うなよ」

それから、大慌てでユウリの腕を摑んで言う。

「違うからな、ユウリ。僕は、ユウリとの友情以上に大切にしたくなるような女性に、まだ出会っていないだけだから」

「だからって、とっかえひっかえ――」

言いかけたユマを遮るように、オニールが言い返す。

「ユマだって、デートしては、相手を振っているだろう」

「それは、友達のつもりで出かけても、相手が本気になるから断るのよ。言っておくけど、私は、まだ一途にユウリのことが好きよ」

「僕だって」

同調したオニールに、オスカーが続く。

「俺もそうですし、たぶん、リズも同じだと思いますよ」

とどのつまりが、全員、ユウリとの心地よい関係を維持したいがために、恋愛は二の次になっているということである。

それを、どう捉えているのか。

漆黒の瞳を翳らせたユウリを、その時、誰かが呼んだ。

「ユウリ」

見れば、珍しくアンリがその場に姿を現し、彼らの近くまで来て挨拶した。

「どうも、オスカーにユマに、オニール」

「やあ、アンリ」

「どうも、アンリ」

「どうした、ベルジュ、弟」

それぞれが応じるのを待って、アンリが答える。

「ちょっとユウリに用があって」

それから、ユウリに視線を移して、柔らかく問う。

「ユウリは、もう行ける？」

「うん」

頷いたユウリが、立ちあがりながら訊く。

「――アンリ、お昼は？」

「学部の友達と食べてきた」

それに対し、二人の様子を見ていたオニールが、「もしかして」と尋ねた。

「これから、二人でどこかに行くのか？」

「そうなんだ。ちょっとクリスマスの買い物に」

応じたユウリの肩を引き、アンリが、早々に「と、いうことで」と別れの挨拶を口にする。そのさりげないエスコートの仕方は、異母兄のシモンを彷彿(ほうふつ)とさせ、洗練されたベルジュ家の血を感じさせた。

「お先に」

「ええ。またね、アンリ。——ユウリも」

辛(かろ)うじて応じたユマの脇(わき)で、オニールとオスカーは何も言えず、ただただ手を振って去りゆく二人を見送った。

3

同じ頃。

ロンドンの街中にある安いバーガーショップで、エリザベスが友人のサリーとランチを取りながら話し込んでいた。美容師見習いのサリーはお金がなく、会う時は決まって、この手のバーガーショップだ。

同じ養護施設出身のエリザベスは、現在、富裕層に相当するグリーン家の養女となっているため、お金にはまったく苦労しない生活を送っていたが、それに甘えたり慣れ親しんだりすることはなく、お小遣いの大半は貯金に回し、ふだんはいたって質素に暮らしている。

ただ、なんだかんだ言っても金持ち集団であるユウリやユマたちと過ごす時には、それなりに出費がかさみ、そのことにとやかく言わない養父母には、とても感謝していた。幸い、養父母は、むしろセレブである彼らとの付き合いを喜んでいる節があるので、一種の孝行になっているらしい。

仲間内では庶民派で通しているオスカーでさえ、父親は弁護士で、かなり裕福な家の子供であるし、まして、控えめなユウリなどは貴族の子息で、父親は世界的に有名な学者だ。

世間の目からすると、身分違いもいいところである。

ただ、仲間として付き合ううえで、ユウリたちは、エリザベスと対等に接し、絶対に生まれに対する引け目を感じさせなかった。階級意識が浸透している英国で、これは珍しいケースと見ていい。おそらく、それだけ彼らが誠実で、かつ、エリザベス自身が変に劣等感を抱かないからこそ、成り立っている関係なのだろう。

とはいえ、こうしてサリーと会っていると、やはりどこかホッとした。気張らなくていい本来の自分が、そこにいるからだ。

二人は食事をしながら、先日のファッションショーの話で大いに盛り上がり、話題が貧血で倒れたスーザンに移ったところで、サリーが、「それなんだけど」と切り出した。

「今日、話があると言ったのは、そのスーザンのことで」

「彼女が、どうかした?」

オレンジジュースを飲みながら訊き返したエリザベスに、サリーが、周囲を気にするように声を潜めた。

「……それがね、なんか、変なの」

「変?」

エリザベスが、エメラルドのような美しい緑色の瞳でサリーを見つめて訊き返す。

「変って、何が？」

疑問形で尋ねたあと、「彼女」と続ける。

「次の日に、退院したのよね？」

「ええ」

「身体（からだ）のほうは、大丈夫そうなの？」

「それは、大丈夫みたいなんだけど……」

そこで、サリーが言い淀（いよど）み、エリザベスが小さく首を傾げる。

「けど、なに？」

「なにというか、う～ん」

なんとも言いにくそうにサリーは唸（うな）り、手にした炭酸飲料のストローをグルグルと回しながら続ける。

「私さあ、月曜日の午前中に、仕事へ行く途中、様子を見に彼女のアパートに寄ったんだけど――って、やっぱり、こんなこと言うと、私の神経を疑われそう」

「そんなことないわよ。サリーの言うことなら、私は信じる」

「でも……」

途中でくじけそうになるサリーをなんとか鼓舞し、エリザベスは「でも、じゃなく」と続きをうながした。

「話して」

「そうね。そのために、呼び出したわけだし……」

頷いたサリーが、続ける。

「私、部屋のドアが開いた瞬間、スーザンが、まったく別人のように見えたの」

「別人？」

繰り返したエリザベスが、訊き返す。

「それって、退院したばかりで、やつれていたからじゃなく？」

「たぶん、そうなんだろうけど、それにしても、一瞬、彼女が、色黒のおじいさんみたいに見えてしまって、すごく焦ったのよ。――部屋を間違えたと思って」

「色黒のおじいさんって……」

さすがに、それはないだろうと思い、エリザベスが軽く眉をひそめた。相手の反応を敏感に察知したサリーが、「わかっている」と頷く。

「リズの言いたいことはわかるし、私も、自分が変だとは思っているけど、でも、スーザンの様子も、どこか浮ついているというか、いつものスーザンではないような気がして」

そこで、一度テーブルに落とした視線をあげたサリーが、「極めつきは」と勢い込む。

「私とスーザンが玄関先で話していると、部屋の奥を誰かが横切ったように見えたの」

「誰かって？」

「わからないけど、てっきり、彼氏か誰か来ているのかと思って訊いたら、誰もいないと言うし、あとで考えたら、私が見たのって、なんというか、ちょっとふつうでは考えられないような姿をしていた気がして……」

「ふつうでは考えられないって、いったい――」

どんな恰好をしていれば、「ふつうでは考えられない」になるのかわからなかったエリザベスが、訊く。

「どんな人だったの？」

「――上半身裸の老人」

「え？」

エリザベスが、目を見開いて応じる。

「嘘でしょう？」

「もちろん、私の見間違いよ」

認めたサリーが、「でもね」と続ける。

「色黒で骨ばっていて、あばら骨なんかが浮きあがっているような老人が、下半身にオレンジ色の布をまとった恰好をしていたように見えたの。――あと、頭にも同じ布を巻いていた気がする」

「ターバンみたいに？」

「……そうかな？」

その告白に対し、エリザベスが真面目な表情で確認する。

「もしかして、その老人って、最初にスーザンを見た時に、重なって見えた人？」

「ああ、そうかもしれない」

サリーが、頷く。

「自分が見たものが信じられなくて、あまりきちんと考えてみなかったけど、言われてみれば、そんな気がする。それに、そう考えると、あのことも気になってくるし」

「あのこと？」

訊き返したエリザベスに、サリーが確信を込めた眼差しを向けて教える。

「実は、この半年ほど、スーザンは指輪に願掛けをしていて、その指輪というのが、彼女曰く『幸運をもたらす指輪』なんだそうよ」

その時、すぐ隣のテーブルにいた青年が、ハッとしたように身体を起こし、エリザベスたちのほうをチラッと見た。

だが、話に夢中になっていたサリーもエリザベスも気づかず、話を続ける。

「実際、その話を聞いてから、彼女、今回のモデルの話が来たり、ボーナスをもらったりしたみたいで、あながち、嘘ではないのかも」

「だけど、それって、どこかで買ったものよね？」

「そう思うでしょう。――でも、違うんだって」

「買ったんじゃないの？」

「拾ったそうよ。メリンダの撮影旅行に同行した際、エジプトの砂漠に埋もれていたと言っていた」

「エジプトの砂漠……」

呟いたエリザベスが、冗談とも真面目ともつかない口調で続ける。

「なんか、ミステリアス」

「たしかに、ミステリアスではあるのよ。でも、正直、幸運をもたらすにしては、色が妙に毒々しい赤で、まさに血の色って感じの色合いを帯びているの。――たぶん、ガーネットじゃないかしらね。ルビーだとしたら、『ピジョン・ブラッド』よ。それが、私にはどうにも不気味に思えて」

ブルッと身体を震わせたサリーをもの思わしげに見つめ、エリザベスが「砂漠で拾った指輪ねえ」と呟き、困ったように告げる。

「そうなると、もしかして、スーザンは、何かに取り憑かれている可能性も否定できなくなってくるわね。――たとえば、その指輪にまつわる霊とか」

「やっぱり、そう思う⁉」

急に力を得たサリーが、どこかホッとしたようにエリザベスの手を摑んだ。

「私さ、もしかして、そうなんじゃないかと思っていたんだけど、そんなこと、人に言うわけにはいかないし、でも、このままにしておいたら、スーザンが大変なことになるんじゃないかと思うと不安でしかたなかったの。――かといって、自分一人でどうにかするのは怖いというか、申し訳ないけど、関わりたくない気がしちゃって、そんな自分が、ものすごく薄情に思えて悩んでいたの」

本当に悩んでいたのだろう。

ここにきて、堰を切ったようにしゃべりだしたサリーは、止まらずに続ける。

「もし、誰か、本当の霊能者を知っていたら相談するんだけど、その手の人って、眉唾である場合が多いし、騙されて高額の壺とか買わされたら嫌だから、やっぱり相談できなくて、悩んで、悩んで、悩んだ末に、ちょっと思い出したことがあるの」

「思い出したこと?」

「そう」

頷いたサリーが、「リズは」と続ける。

「知らないかもしれないけど、私たちがまだ養護施設にいた時、そこで前年まで一緒だったセシリアという子に聞いたことがあって、当時、彼女が秘密にしていた赤ちゃんが行方不明になったそうなの」

エリザベスが、「――ああ」と言いながら、少し警戒する表情になった。

知らないどころか、エリザベスは、その件にどっぷりつかっていて、その時に、ユウリが果たしてくれた役割のことは、今でも感謝している。

ただ、その際、ユウリが霊能力のようなものを持っている可能性に触れてしまったのだが、そのことを、いまだかつて直接問い質したことはなかった。なんとなく、触れてはいけないことのように思えたからだ。

だが、人の口に戸は立てられないらしい。

サリーが言う。

「詳しいことは教えてくれなかったんだけど、セシリアが言うには、ユウリには、霊能力のようなものがあるのではないかって――」

「……そう」

エリザベスは浮かない顔になったが、サリーは、自分のことで手一杯らしく、そのことに気づかずにいる。

「それでね、もしできたら、スーザンのことを、ユウリに相談できないかと」

エリザベスが、溜め息をついて答える。

「……そうね。ユウリなら、きっと、話を聞いてくれるとは思うけど、あまり気が進まないのは、たしかよ」

人の好いユウリのことだから、聞けば、絶対に手を差し伸べてくれる。

それがわかっているだけに、シモンが、常々気を配っているように、エリザベスも、ユウリをあまりおかしな話に巻き込みたくはない。

消極的なエリザベスに、サリーが「でも」と訴える。

「このままだと、スーザンはおかしくなってしまうかもしれない。それなのに、知らん顔していいるわけにもいかないし、そもそも、別にユウリにどうこうしてほしいと言っているわけではないのよ。それこそ、ユウリじゃなくても、ベルジュとかオニールとか、ユウリのまわりには、顔の広い人たちが大勢いるから、その伝手(つて)を使って、本物の霊能者を紹介してくれるのでも構わないから……」

そこまで言われてしまえば、エリザベスも否とは言えない。

他人事(ひとごと)であるのに、これほど一生懸命に手を差し伸べようとしているのは、サリーがよい人間だからであり、だからこそ、エリザベスも、サリーのことが好きなのだ。

それに、言われるまでもなく、ユウリに相談すれば、きっといい方法を一緒に考えてくれるし、頼りになる人間がまわりに大勢いるのも事実だ。

時には、彼らの力を当てにしても、バチはあたらないだろう。

「わかったわ、サリー」

エリザベスは、頷いた。

「とりあえず、ユウリにメールしてみるね」

「ありがとう」

サリーがホッとしたように頷き、エリザベスはスマートフォンを取り上げて、ユウリにメールした。

4

エリザベスがユウリにメールを打っている間、ぼんやりまわりを見ていたサリーは、隣のテーブルにいた青年と目が合ってしまい、とっさに視線を逸らした。

（もしかして、こっちの話を聞いていたのかしら……？）

隣というのは、本当に隣だ。この手の店は、両隣との間隔はないに等しいため、聞こうと思えば、どんなことでも筒抜けである。特に、彼のようにパソコンをいじりながら一人でいるような人間は、ヒマに飽かせ、人の会話を盗み聞きすることくらい、いくらでもあるだろう。

（ヤダ。危ない女と思われたに違いないわ……）

恥ずかしさの中でそんなことを思いつつ、メールを送信し終わったエリザベスに、店を変えないかと申し出た。エリザベスは意外そうであったが、サリーがチラッと隣に視線を流したことで、大方の事情を察したようだ。

そこで、食べ終わったあとのゴミが載ったトレイを持ち、二人は店を出ていった。

残された青年は、テーブルの上で開いていたパソコンを手元に引き寄せると、メール機能を起動して以下のような文章を打ち込む。勢いのよさからみる限り、少し興奮しているようである。

マーカス・フィッシャーよりＰＰＳ本部へ報告事項あり。
偶然にも、詳細不明の「大王の指輪」の情報を入手。
エジプトの砂漠。
願い事を叶(かな)える指輪。
血のように赤い宝石。――ガーネット、もしくは「ピジョン・ブラッド」。
現在の持ち主の名前は「スーザン」。
「スーザン」はトップモデルのメリンダ・スーンの関係者である可能性大。
指輪には、何か霊的障害がある可能性。（アレクサンドロス大王の無念か？）
霊的障害については、「ユウリ」に相談を持ちかけた模様。
以上、「サリー」と「リズ」ことエリザベス・グリーンの会話から推測。
これより、調査に入る。

彼はメールを送信してしまうと、席を立ち、人混みに紛れて歩き去る二人のあとを追った。幸い、エリザベスはとびきりの美人であるので、あとを追うのにさほど困らない。

追いかけながら、考える。

(まさか、こんな幸運を手にできるとは思ってもみなかった。――やはり、こっちを張っていて正解だったな)

彼は、とある事情から、コリン・アシュレイと繋がりのあるユウリ・フォーダムの身辺を調査していた。

できれば、アシュレイ本人を調査したかったが、彼の居所を知るのは至難の業だったため、まずは隙だらけの手下から調べることにしたのだ。

その後の調査で、ユウリは現在ロンドン大学の学生で、エリザベス・グリーンは、彼が親しくしている友人の一人であることがわかっている。

それ以前は、コリン・アシュレイと同じパブリックスクールにいた。

だが、何より注目すべきなのは、高名なフォーダム博士の息子である彼が、去年の夏に不可解な失踪事件を起こして世間を騒がせていることであった。

そのことを考え合わせると、先ほどの二人の会話が、俄然信憑性を帯びてくる。

――ユウリには、霊能力のようなものがあるのではないかって。

(霊能力ねえ……)

もし、それが事実だとしたら、「ウェーズリーの水晶」を巡る一件で、ユウリの果たした役割も大きかったはずだ。

マーカスが、さまざまなことを考えながら歩いていると、先ほど送ったメールへの返信が来て、調査を正式に許可すると書かれていた。

アルファベットの「P」の下部を長く伸ばしたところに、蛇のように「S」を絡ませたマークをシンボルとする秘密組織は、「PPS」という略称で呼ばれていて、その正式名称を知る人間はわずかだ。

ちなみに、マーカスは知らない。

組織の目的は、「Dのリスト」と呼ばれているリストに掲載された宝物――それは、悪魔を呼び出すための重要なアイテムと考えられている――を手に入れることにある。

ただし、マーカスは、先々月、「イブの林檎（りんご）」という宝物をかけた争奪戦に負け、十三席しかない主要メンバーの座を外されてしまった。パリ大学のルイ＝フィリップ・アルミュールにまんまと出し抜かれた結果である。

だが、ここで、彼が「大王の指輪」を手に入れることができれば、状況は大きく変わるはずだ。

こうして、本部も興味を示している。

それもそのはずで、「大王の指輪」は、「イブの林檎」と並んで、名前だけは載っているが、その実態がほとんどわからないアイテムの一つだからだ。

わかっているのは、名前からの推測で、アレクサンドロス大王が世界征服を成し遂げる際に願掛けした指輪ということだけである。宝石の色は赤で、血の生贄を必要とするという不確かな情報も出ていた。彼らの間では、アレクサンドロス大王の不慮の死は、願掛けをしていた指輪を奪われたためだとも、血の生贄を絶やしたために、逆に指輪に呪われた結果だとも言われていて、彼の死後、その指輪は、遺体とともに埋葬されたと推測されている。

ただ、アレクサンドロス大王の墓は、現在も見つかっていないため、「大王の指輪」を手に入れるのは不可能と考えられていたのだ。

(だが、エジプトの砂漠であれば、可能性はある――)

大王の遺骸は、部下の手でメンフィスに運ばれたという説もあるくらいだ。

もし、アレクサンドロス大王とともに葬り去られたと考えられていた指輪が、長い年月の果てに、砂漠から蘇ったとしたら、なんともロマンチックな話ではないか。

(古代の奇跡が、今、我らの手に――)

壮大な夢物語を頭に描いたマーカスは、「リズ」と「サリー」が別のバーガーショップに落ち着いたところで、自分は向かいのコーヒーショップに入って、しばらく様子を見ることにした。

すると、三十分くらい経った頃、そこに一人の青年が現れた。

煙るような漆黒の瞳に漆黒の髪。

東洋風の顔立ちは、控えめながら品があって好感が持てる。

（やはり、来たか――）

それは、紛うかたなく、マンチェスターで顔を合わせたユウリの姿で、マーカスの推測は、その瞬間、確信に変わった。

彼が来たということは、アシュレイも、あの指輪を狙っているということだ。

（間違いない。「大王の指輪」が、このロンドンに現れた――）

だが、そうなると、うかうかしてはいられない。また邪魔される前に、宝物を手に入れる必要があった。

そこで彼は、ふたたび本部に連絡して事情を説明し、至急、「スーザン」の身元を特定してくれるよう要求した。

第三章　囚人らしくない囚人

1

午後になり、アシュレイは、約束どおり、ミスター・シンの店へとやってきた。

ウエストエンドの一角にある彼の店は、ショーウィンドウになっている小さな出窓と黒い扉があるくらいで、店の名前を示す看板もなければ、案内もない。

そのため、旅行者など、事情を知らない人間が店の前を通りかかっても、まずもって中に入ろうとは思わない。

そのうえ、いざ、この店を訪れようと思っても、表通りからいくつか路地を曲がって歩くうちに道順がわからなくなり、迷子になったまま、永遠に辿(たど)り着(つ)けないこともよくある話だった。

ミスター・シンのところは、店が客を選ぶ——。

そんな噂がまことしやかに流れるのも、あながち間違いではないようだ。

ただ、アシュレイは、いまだかつて、この店に来るのに道に迷ったためしはなく、用がなくても、時おり立ち寄っている。その際、客がミスター・シンと話し込んでいようがいまいが関係なく、我が物顔で店内を横切ると、定位置になっているソファーに座り込んで客が帰るのを待った。

今日は、店の主人は留守であるため、預かっている合い鍵を使って中に入ろうとした。

しかし、合い鍵を使うまでもなく、扉はわずかにあいていて、鍵穴には、無理矢理こじあけたような形跡が残っている。

（ふうん……）

黒い扉を見あげたアシュレイが、その場で中の気配を探り、ひとまず差し迫った殺気がないのを確認してから、手の甲で軽く押す。

キイッと。

軽い音とともに、扉がゆっくりと開いた。

暗い室内に、人の気配はない。

荒らされた形跡も見られないが、仮に泥棒が入ったのであれば、物色されたあとが、暴風雨のあとくらいあちこちに残されていていいはずだ。それなのに、侵入者があったにもかかわらず、ふだんどおりというのが、逆に不気味だった。

そこには、なんとも言えない違和感がある。

それに、店に踏み込んだ瞬間から、アシュレイは、言葉にできない異様な気配を感じ取っていた。霊感のない彼が、ユウリのようにみずから何かを見ることはなかったが、代わりに野生動物並みの直感でもって危機を回避する術を身につけていた。

そして、今、その直感が、危険信号を発している。野生動物なら、背中の毛を逆立てて周囲を警戒しただろう。

それなのに、ガランとした室内には、人間の姿はおろか、妖(あや)しい何かの存在すら見ることはなかった。

(――なんだ?)

アシュレイが慎重にあたりの様子を窺(うかが)っていると、ふいに風が吹き抜け、背後の扉がバタンと閉まった。

ふつうの人間なら、飛びあがって驚いただろう。

だが、ふつうでない神経の持ち主であるアシュレイは、ビクリともせず、長いコートのポケットに手を突っ込んだまま、ゆっくりと振り返った。

誰も、いない。

不自然なくらい、そこには、なんの変化もなかった。

と――。

「驚かせてしまったかな？」

それまで、いっさい人のいる気配のなかった店内で、突如、誰かが話しかけてきた。

アシュレイが顔を戻すと、いったいどこから現れたのか、ソファーセットの前に一人の男が立っていて、こちらを値踏みするように見ていた。

外見は、いたって凡庸な男である。

中肉中背。

赤茶けた髪にくすんだ緑色の瞳。

鼻のまわりにそばかすがあり、着ている服も実に安っぽい。

どう見ても、下町のチンピラだ。

それなのに、百戦錬磨のアシュレイが思わず出方を窺ってしまうほど、相手からは尋常でない威圧感が漂ってきた。

そのギャップは、なんなのか。

訝りつつ、アシュレイが素っ気なく答える。

「別に」

そんなアシュレイを上から下までとっくりと眺め、男が面白そうに言う。

「たしかに、驚いているようには見えない」

「だから、そう言っている」

「でも、訝しんでいるな」

「そうか?」

「無理しなくていい」

言いながら唇を歪め、下卑た笑みを浮かべた男が続ける。

「私が誰か、知りたいだろう?」

それに対し、アシュレイはさまざまなことを頭で計算しながら答える。

「——いや」

話すことは、嘘でも真でも構わない。

これはすべて駆け引きなのだ。

知りたいことを知りたいと顔に出してしまうのは、素人のやることで、相手につけいる隙を与えるだけである。特に、こんな得体の知れない人間には、簡単に手のうちを見せるべきではなかった。

「あんたがどこの誰であろうと、俺には関係ないね」

「そうか?」

見知らぬ男は楽しそうにアシュレイを眺めながら、「だが」と人さし指を突きだして宣告した。

「お前は、これから、いやがおうにも私のことを知る必要が出てくる。その時に、自分の言った言葉を後悔することになるだろう」

「へえ。そりゃ大変だ」

鼻であしらうように応じたアシュレイを、見知らぬ男が初めて真顔になって見つめる。

「……その様子だと、あまり響いていないようだな？」

「ああ。昔から言うだろう。――弱い犬ほどよく吠える」

「……弱い犬か」

脅したところで、あまり効果のなさそうなアシュレイに対し、男が少々気抜けしたように「まあ」と譲歩した。

「今はまだ、会ったばかりだし、あまり厳しいことは言わずにおこう」

それから、胸の前で重ねていた両手を左右に大きく広げると、「ということで」と親しげに告げた。

「ようこそ、我が領域（テリトリー）へ。お前のような人間が来るのを待っていた」

2

　見知らぬ男の歓迎を受けてしまったアシュレイは、恐れるでも訝るでもなく、つまらなそうに言い返す。

「悪いが、待たれたところで迷惑だ」

「私の歓迎は、必要ない？」

「ああ」

「だが、はたして、私が誰かわからないうちから、迷惑と決めつけてしまってもいいものかどうか」

「関係ないね」

　取りつく島もないアシュレイの態度に、見知らぬ男が残念そうに首をすくめる。もっとも、残念がっているように見せかけ、その実、内心でおもしろがっているのが、細めた目の奥が笑っていることからも窺い知れた。

　まったくもって、アシュレイの癇に障る状況である。

「では、あくまでも、自分は無関係だと言い張る気だな？」

「ああ。——実際、そのとおりだし」

アシュレイの明確な意思表示に対し、相手が興味深そうに尋ねた。

「それなら、お前はどうしたいんだ？」

誘い水か。

いったい、この男は、アシュレイに何をさせたがっているのだろう。

一見、なんということのない会話に、落とし穴があるはずだ。

「別に」

アシュレイは軽く首を反らし、高飛車に言い放つ。

「どうしたいもこうしたいもないね。ただ、好きにするだけだ」

「なるほど」

どうやら、見知らぬ男も、アシュレイがなかなか一筋縄ではいかない人間だと認識し始めたようで、くすんだ緑色の瞳でジッと見つめながら口をつぐんだ。

ややあって、訊く。

「一つ、確認するが、お前は、私のことが怖くないのか？」

「怖い？」

唇の端を引きあげたアシュレイが、嘲るように応じる。

「それなら、逆に訊くが、俺は、あんたの何を怖がればいいんだ？」

豪語するアシュレイに対し、見知らぬ男が「ふむ」と考え込む。

落ちた沈黙に、アシュレイは油断なく相手のことを観察した。

実際、怖くはなかったが、正直、珍しく戸惑ってはいる。

なにせ、状況が一つもわからないうちから、おそらく命の危機に瀕しているはずだからだ。相手は、まだ命をおびやかすようなことは一言も口にしていないが、すでに、アシュレイはおのれの危機的状況について、敏感に察知していた。

それにしても、このような状況を作り出している相手とは、いったいなんなのか。

見た目は、どうあっても、ふつうの人間だ。アシュレイにとって、まったく恐れるに値しない部類の人間である。

それなのに、背後に隠れ潜んでいる何かが、ふつうではない。

アシュレイがいちばん知りたいのは、そこだ。

外見に惑わされず、そこに潜んでいる真実が知りたい。

言い換えると、この男が生きている人間なのか、すでに死んでしまった人間なのか、それすらも定かではない状態をどうにかしたいということだ。頭を柔軟にして視野を広げれば、変身している妖怪変化や狐狸の類いという可能性だって否定できないし、さらには、天使や悪魔が人間の形を取って顕現したとも考えられる。

底光りする青灰色の瞳で探るように見つめてくるアシュレイに対し、見知らぬ男が初めて自分のほうから歩み寄った。

「いいだろう。その度胸に免じて、お前に選択肢をやる」

「選択肢ねえ……」

頑なに突っぱねてもよかったが、このままではどうやら平行線を辿りそうなので、しかたなく、アシュレイのほうも譲歩することにした。なんといっても、臨機応変が、アシュレイの最大の強みだ。言い換えると、行き当たりばったりで勝利を摑み取る天才ということである。

「いいだろう。聞こうか」

すると、相手が人さし指をあげて告げた。

「簡単なことだよ。私の望みを叶えることができたら、お前の望みを聞こう」

眉をひそめたアシュレイが、一拍置いて言い返す。

「――それが、選択肢？」

「そう。二者択一だ。私の望みを叶えられるか、叶えられないか」

「バカバカしい」

鼻で笑ったアシュレイが呆れる。

「それじゃあ、ただの強制だ」

「そうとも言うかな」

悪びれない相手に、青灰色の瞳を妖しく光らせたアシュレイが、疑わしげに問う。

「──いちおう訊くが、いったい、何が望みだ?」

「それは言えない。言ってしまったらつまらないからな」

「──は?」

アシュレイが、心底呆れたような声をあげた。自分から振っておきながら、ずいぶんな言い草だと思ったのだ。

「言えないって、それで、どうやってあんたの望みを叶えろと?」

「だから、それが勝負だ」

選択肢が、いつの間にか勝負に変わっている。

「そんなもん、承諾した覚えはないが?」

「なら、承諾してもらおう。郷に入れば郷に従え。お前は、私の領域(テリトリー)に侵入したのだからな」

「──あんたの?」

アシュレイが片眉をあげ、わざとらしく大仰に驚いてみせる。

「いつから、ここがあんたの領域(テリトリー)になったたって?」

「それは、私のいるところが、すなわち私の領域(テリトリー)だ。そこに踏み込んできたからには、こちらのやり方に従ってもらう」

まるで、ふだんのアシュレイが言いそうな身勝手な主張を並べ立て、見知らぬ男が「いいか」と続けた。

「お前が、見事、私の望みを叶えることができれば、お前の望みも叶うが、もし、間違えてしまったら、その時は——」

もったいぶった相手に向かい、アシュレイがあっさり結論を口にする。

「命はないと言うんだろう?」

「よくわかっているじゃないか」

薄笑いを浮かべて肯定した男を、アシュレイがマジマジと眺めた。

やはり、それが彼の本性であるようだ。

となると、彼の正体は、無理難題を押しつけて、最終的に人間を食らう化け物なのかもしれない。

さしずめ、人食い鬼といったところか。

だが、仮にそうだとして、そんなことで畏縮(いしゅく)するアシュレイではなく、恐怖心が欠如しているとしか思えない態度で、傲然(ごうぜん)と問い返した。

「それは、ずいぶんと乱暴な話だが、そもそも、俺の望みが何か、あんたにわかるのか?」

「そんなこと」

鼻で笑うように応じて、見知らぬ男は言った。

「現時点でお前が望みうるのは、ただ一つ――」

そこで、少し間を空けてから告げる。

「私の望みを叶え、生きて、この場所を出ることだけだ」

「――なるほど」

とどのつまりが、選択肢も勝負も名ばかりで、アシュレイは、どうやら、突如、降りかかった災難のために、生か死かの瀬戸際に立たされているらしい。しかも、状況から考えて、おそらく絶望的な未来といえるだろう。

これは、「やれやれ」どころの話ではない。

ふつうの人間なら、血の気をなくして震え戦く場面であるが、アシュレイは、顔色一つ変えずに呟いた。

「たしかに、これは、かなり楽しめそうだ」

今の言葉は、目の前の相手に対してというより、ここへ彼を遣わしたミスター・シンへの嫌味に近かった。

だが、そうとは知らない相手が、目を細めて言う。

「――お前、状況がわかっているのか?」

「当然だ。百パーセント、理解している」

軽く受けたアシュレイは、おもむろに着ていた丈の長いコートを脱いで椅子の背にかけると、黒いシャツの袖をまくりながら言った。

「ということで、本格的に勝負に取りかかる前に、一つ頼みがある」

「――なんだ？」

「なんのヒントもないこの状況はさすがに分が悪すぎるので、俺の手足となって動ける人間を一人だけ認めろ」

　見知らぬ男が、首を軽く倒して応じた。

「私のほうは構わないが、まず、誰であれ、閉じられたこの空間に辿り着けるかどうかが問題だ。そんな人間が、果たしているかどうか」

　うだうだと説明する相手の言い分を、「――つまり」と一言にまとめてアシュレイが問い質す。

「辿り着けたら認めるんだな？」

「いいだろう」

　頷いた相手が、「ただし」と残酷な確認をする。

「一度でも私の領域に踏み込んだ者は、みな、お前と同じ運命を辿ることになるが、それでもいいのか？」

「ああ」

　他人の運命を決めるにしては、あまりにもあっさりしすぎているアシュレイに、見知らぬ男のほうが顔をしかめて「ほお?」と疑問を呈する。

「当人の意志は無視か?」

「そういうことだな」

これまたあっさり言い返したアシュレイが、なんの躊躇(ちゅうちょ)もなく大胆不敵に宣言する。

「一つには、俺がそいつとここを出ていくのは決まっているし、百万に一つの可能性で失敗したとして、そいつは、人のために自分の命を投げ出すのが趣味のような人間だから、ここで俺と死ねれば本望だろう」

3

その日の午後。

ユウリは、思いもかけず、とても忙しい時間を過ごすことになった。

まず、予定どおり、アンリとクリスマスの買い物に繰り出した。

ユウリの家族は、あまりクリスマスに重点を置く習慣がなく、むしろ、お正月を日本でゆっくり迎えるのを常としているため、一昨年あたりから、クリスマスはベルジュ家の城で過ごすようになっている。

昨年は事情があってパスしたが、今年は、一足先に日本に向かう父親とは別行動を取り、ユウリは、まずフランスに立ち寄って、ロワール河流域に建つベルジュ家の広大な城でクリスマスイブとクリスマスを祝ったあと、シモンと一緒に年末の日本に渡り、まったりとした日本のお正月を迎える予定になっていた。

そこで、今日は、ベルジュ家の人々に渡すクリスマスプレゼントを、アンリと買いに来たというわけだ。

ただ、思ったとおり、プレゼント選びは難航し、とても半日では終わりそうになく、めぼしいものを見てまわったところで、二人はひとまずお茶をすることにした。

「う〜ん。足が棒になりそう」

クリスマスソングがかかり、店内の飾りもすっかりクリスマスの装いとなっている暖かいカフェに落ち着いたところで、ユウリが嘆くように訴えるが、アンリのほうは平然としたもので、それまでに立ち寄った店でもらったパンフレットに目を通しながら苦笑気味に応じる。

「それは、どう考えても運動不足だよ、ユウリ。暖かくなったら、僕と一緒に、自転車で遠出でもしよう。——でなければ、ジョギングとか」

「そうだね」

運ばれてきた紅茶に手を伸ばしたユウリが、真剣に答えた時だ。

ユウリの携帯電話がメールの着信音を響かせたので、鞄(かばん)から取り出してメールをチェックする。

「あれ、珍しい。リズからメールだ。——あ、やばい、シモンからもメールが入っていたみたい」

言いながら、メールに目を通すユウリに、アンリが訊く。

「なんだって?」

あえて「誰が」とはつけなかったので、おそらく、それぞれのメールの内容を尋ねたのだろう。

　ユウリは、先にシモンのメールについて答えた。

「シモンが、『何か、欲しいものはあるか』って」

「ああ。きっと、向こうでも、プレゼントの準備にかかったんだな」

「だね」

「――で、リズは？」

「なんだろう。相談があるみたいだ。――できれば、急ぎでと書いてある」

　そこで、顔をあげたユウリに、アンリが両手を開いて応じる。

「いいんじゃない。今から、行ってあげれば。――僕は、他にもいくつか店を回ってみるけど、今日じゅうに全員分を買うのはとうてい無理だし、なんだったら、別の日に、改めて行けばいいだけの話だから」

　こちらから何を言うまでもなく、最善の提案をしてくれるアンリに対し、ユウリが柔らかく微笑（ほほえ）んで応じる。

「ありがとう。――リズがこんなふうに言ってくるのは珍しいから、きっと、本当に困っているんだと思うんだ」

「同感だよ。――で、夕食には戻るよね？」

「うん。そのつもり」

　答えたユウリは、メールに返信してしまうと、残っていたお茶を飲み干してから立ちあがり、アンリに見送られながら店を出ていった。

　地下鉄で移動したユウリが、エリザベスたちと合流したのは、アンリと別れてから三十分後くらいのことだった。日本でも有名なバーガーショップで炭酸飲料を飲みながら聞かされた話に対し、ユウリが首を傾げて確認する。

「――スーザンが、取り憑かれている？」

「し」

　エリザベスが唇に指を当てて注意する。

「この店、声が響くの」

「ごめん」

　謝ったユウリが、「それで」と続ける。

「えっと、スーザンというのは、この前のショーで倒れた人なんだよね？」

「そう」

　さらに、指輪の話などを聞いたあとで、ユウリが考え込みながら応じる。

「……そっか。たしかに、話を聞く限り、その可能性はあるかもしれない」

　ユウリの言葉を聞いて、目の前に座るエリザベスとサリーが、視線を交わして頷き合う。

　だが、その時、ユウリが考えていたのは、少し別のことだった。

　彼は二人の話を聞きながら、思い出していたことがある。

　それは、ファッションショーの当日、会場に着いた時に感じた違和感や、騒動が起きる前に覚えた齟齬感などだ。

　たしかに、あの会場には、何か異質なものが忍び込んでいるように感じていたが、それが、今のスーザンの件とどう関係してくるのか。

　顔をあげたユウリが、尋ねる。

「とりあえず、本人に会ってみないことにはなんとも言えないから、まずは、会って話を聞きたいんだけど、いつなら、会えるかな？」

　それに対し、エリザベスが心配そうに「だけど」と訊き返す。

「本当にいいの？」

　自分たちのほうから相談しておきながら、いざ、ユウリが行動しようとすると、急に不安になった様子のエリザベスであったが、ユウリは、彼女たちからの相談内容を当然のことのように受け止め、エリザベスの憂慮に対しては、むしろ意外そうに訊き返した。

「いいのって、何が？」

「……それは、なんというか、スーザンに会うってことは、ユウリは、この件に関わるつもりなんでしょう?」

「そうだけど、リズだって、そのつもりで連絡してきたんだよね?」

それはそうだが、あまりにも躊躇のないユウリを前にして、エリザベスの不安は募る一方だ。

「まあね。――でも、大丈夫かなって」

ユウリの身を心配したエリザベスに対し、結果についての心配と受け取ったユウリが、

「だから」と申し訳なさそうに応じる。

「それは、スーザンと会ってみないことには、なんとも言えないんだ。――ごめん、曖昧(あいまい)で」

「そんなのは構わないんだけど。というより、こっちから曖昧な話を持ちかけているわけだからしかたないわよ。――それより、私が言っているのは、スーザンに会う前に、ベルジュとかに相談してみたほうがいいんじゃないかってこと」

だが、それには、ユウリが難色を示した。

「悪いけど、この件に、シモンを巻き込むつもりはないよ」

「そうなの?」

「うん。僕だけだと頼りないかもしれないけど、とりあえず、信じてもらうしか――」

とたん、エリザベスが怒ったように反論する。

「まさか。そんなことは一ミリたりとも思っていないから。ユウリのことは、誰よりも信頼している」

きっぱりと言い切ったエリザベスが、「ただ」と付け足した。

「相談しておいてなんだけど、ユウリに何かあったらと思うと心配で……」

そこで、サリーと顔を見合わせ、エリザベスが提案する。

「ベルジュが駄目なら、私、オスカーに連絡してみようかな」

だが、それにも、ユウリは反対した。

「やめておいたほうがいいと思う。——というのも、オスカーは、あのとおり、すぐに無茶をするから、僕のほうが心配なんだ」

それを言ったら、ユウリだって、人のために無茶をするではないか。

そうは思うが、相談してしまった手前、なんとも言えない。

ユウリが、二人を安心させるように「まあ」と気安く言った。

「とにかく、スーザンに会うだけ会って、それから、どうするか、みんなで考えよう」

「そうね」

エリザベスとサリーが顔を見合わせて頷き、「そういうことなら」と、サリーがスマートフォンを取り出しながら言った。

「今日は、仕事に行っているはずだから」

そこまで言った時、サリーが、何か思い出したように手を止めて声を潜めた。

「──そういえば、これは噂に過ぎないけど、例の吸血鬼殺人の被害者って、メリンダの事務所の人だって」

「そうなの？」

「まあ、あくまでも噂だけど、怖いよね」

「吸血鬼殺人か……」

ユウリが呟く。

その事件のことは、ユウリも知っていたが、ふいに身近に感じられたことで、何か引っかかりを覚えた。

血がなくなっているということは、犯人が抜いて持ち去ったのか。

その場で、飲みつくしたか。

でなければ、犯人は関係なく、死体から勝手に蒸発したのかもしれない。

（──でも、どうやって？）

ユウリがあれこれ考えていると、またもや、ユウリの携帯電話が着信音を響かせた。

今回は、メールではなく電話であったため、ユウリは発信源を確認もせずに、慌てて電話に出る。

「はい？」

　すると、間髪を容れずに命令された。

「今すぐ、ミスター・シンの店に来い」

「――え？」

　驚いたユウリが、「え、アシュレイ？」と相手を特定した時には、すでに電話は切られていた。

　沈黙する携帯電話を見つめたまま、ユウリが呆然としていると、エリザベスが心配そうに身を乗り出して尋ねる。

「アシュレイって、まさか、あのアシュレイから電話だったの？」

「……たぶん」

　名乗ってはくれなかったし、一瞬のことだったので、勘違いの可能性は十分ある。

だが、名乗ってくれなかったということが、まさに「アシュレイ」であるし、こちらの意志を無視した展開も、実にアシュレイらしいやり方である。これでもし、電話の相手がアシュレイでなければ、「いったいどこのどいつだ？」という話になってくる。

「それで、彼はなんて？」

「今すぐ来いって――」

　応じたユウリが、顔をあげた。アシュレイにしては声が緊迫していたのが、どうにも気になる。

いったい、今回は、なんの呼び出しであるのか。

ユウリが、「なんだかわからないけど」と続けた。

「行ったほうがよさそうなので、僕は行くけど、スーザンと連絡が取れたら、メールをくれる？」

「それはもちろんするけど」

了承したエリザベスが、不審げに確認する。

「まさか、本気でアシュレイの呼び出しに応じるの？」

「うん」

立ちあがったユウリが、片手を翻して言う。

「心配しなくても、この手の呼び出しはしょっちゅうだし、ちょうどいい機会だから、ついでにスーザンのことも相談してみるよ。――たぶん、アシュレイなら、僕より、いろんなことがわかるはずだから」

それだけ言い残すと、ユウリはエリザベスとサリーに見送られ、本日二つ目になる急な呼び出しに応えて、その場をあとにした。

4

同じ日の昼下がり。

セーヌ川の流れるフランスの首都パリでは、午前中の授業を終えたシモンが、左岸に広がる高等教育エリアのカフェで優雅に昼食を取っていた。

通称「カルチエ・ラタン」。

シモンの通うパリ大学は、そこから歩いてすぐのところだ。

本日の出で立ちは、白いシンプルなシャツにブルーグレーのカーディガンを合わせ、軽くまくった袖口からは、青の高級腕時計が覗く。

見たところ、連れはいない。

それがかえって、孤高の貴公子を際立たせ、道行く女性の目を釘づけにしている。

友人の豊富なシモンではあったが、大学ではあまりつるむことはせず、一人で行動することが多い。それでも、たまに、好むと好まざるとにかかわらず、シモンを見かけて同席してくる輩はいて、今も、窓際で冬の景色を見ながらカフェオレをすすっていたシモンを、背後から呼ぶ声がした。

「シモン」

振り返ると、英国が誇るトップモデルであるメリンダ・スーンがいた。帽子を目深に被り、大きめのサングラスをしていたが、シモンは一目で見分ける。

「――やあ、メリンダじゃないか」

驚いたシモンが英語で挨拶する間にも、スッと隣に座ったメリンダが、こぶし大の小顔を向けて魅惑的に笑う。

「こんにちは、シモン。――座ってよかったかしら？」

「構わないけど」

言いながら、手を伸ばしてギャルソンを呼び、会話の間にエスプレッソかカフェオレかを尋ねた。それに対し「カフェオレ」と答えた彼女のために注文するシモンを、メリンダがうっとりと眺める。

「やっぱり、貴方って最高だわ。完璧」

「それはどうも」

「それなのに、つれないんだから」

「おや。会った早々、お説教かい？」

シモンが、からかうように言うと、「別に」と言ってメリンダは肩をすくめた。

「こっちも、寒いわね」

「冬だからね。――で、君は仕事で来たのかい？」

「ええ」

頷いたメリンダは、シモンが支払いをすませてくれたカフェオレを一口飲んでから続ける。

「そういうシモンこそ、ロンドンには仕事で来ていたの？」

「いや。プライベートだよ。友人に会いに行っていたんだ」

メリンダが恨めしげな表情になって言う。

「それなら、連絡をくれたらよかったのに。——私、あの時、びっくりしすぎて、もう少しでランウェイでずっこけそうになったんだから」

「それは、ぜひ見てみたかった」

「やめてよ」

げっそりと応じるメリンダであるが、そんな顔も魅力的で、彼女が迫って落ちない男性はいないだろうと思われた。

おのれの魅力を知り尽くしているメリンダが、上目遣いに「——で？」と訊く。

「本当に、なぜ、連絡をくれなかったの？」

「それは、連絡をしたところで、会う時間がなかったから」

「そんなの、貴方のためなら、いくらでも時間を作ったのに」

「それは嬉しいけど、僕のほうで、その時間がなかったんだ」

「――あら、そう」

　メリンダは、あまり男性から邪険にされることがないらしく、シモンのストレートな断りの言葉に対し、かなり傷ついた表情を浮かべた。

「ロンドンに遊びに来る時間はあるのに、私に会う時間がないなんて、ずるくない？」

「なぜ？」

　シモンが、澄んだ水色の瞳を向け、どこか淡々と突き放す。

「別に、僕たちは付き合っているわけではないし、用がなければ連絡はしないよ」

「――ひどい」

「しかたないさ。事実だから」

「やっぱり、つれないのね」

「そうだね」

「もしかして、ナタリーと付き合っているという噂は、本当なの？」

　母方の破天荒な従兄妹(いとこ)の名前をあげられ、シモンが珍しくゲホッとむせた。ナタリー・ド・ピジョンは、モデルばりにきれいな女性でありながら、まれに見る問題児で、今のところ、シモンの頭痛の種の一つとなっている。

「――勘弁してくれ」

「違うの？」

「違うよ。ナタリーと付き合うか、修道僧になるか、どっちか選べと言われたら、僕は迷うことなく教会の扉を叩く」

「それなら、今はフリー？」

「――さあ。それはどうかな」

どうでもよさそうに応じたシモンが、「それはそうと」と話題を変える。

「彼女、元気になった？」

「彼女？」

とっさに誰のことかわからなかったらしいメリンダのために、シモンが付け足す。

「付き人だよ。――スーザンだっけ？」

すると、目線を下に落としたメリンダが、「ああ、そのことね」とげんなりした口調で応じた。

「元気になったみたいよ。――少なくとも、病院は退院したから」

「みたいって、それこそ、つれないじゃないか」

非難するように言われ、メリンダが小さく首を振る。

「悪いけど、いろいろあるのよ。――事実、今、事務所はたいへんな騒ぎになっていて、へたに巻き込まれないために、こうしてパリに避難してきたくらいだから」

「いろいろ？」

興味を示したシモンを見て、メリンダが椅子の背に寄りかかって話し出す。

「スーザンには、前から少し問題があって、結局、体調不良を理由に、私の付き人は降ろされることになったの。――ほら、現場で具合が悪くなっても、困るでしょう?」

「まあ、そうだね」

「それで、事務方として残るか、別の職場に移るか、事務所の人間がスーザンの家に相談に行くはずだったんだけど、なんと、その人が殺されてしまって――」

「殺された?」

さすがに驚いたシモンが、水色の瞳を見開いて訊き返す。

「まさか、スーザンに?」

「違うわよ」

眉間にしわを寄せたメリンダが、少し考えてから「……たぶん」と付け足した。

シモンも同じように眉間にしわを寄せて、確認する。

「『たぶん』なんだ?」

「そうね」

認めたメリンダが身体を起こし、前のめりになって続ける。

「新聞でもネットニュースでもなんでもいいけど、シモンは知らないかしら。今、ロンドンをにぎわせている吸血鬼殺人事件」

「──知っているよ」

ふいに話題にあがった事件に対し、シモンが警戒した表情になる。

なんといっても、ロンドンでおかしな事件が起きるたび、もしかしたら、ユウリが巻き込まれるのではないかという不安が過り、シモンはいつも気が気ではないのだ。

だから、英国の情勢は、母国同様、日々入念にチェックしている。

続けて、シモンが尋ねる。

「それじゃあ、その被害者って──」

「そう。まだオフレコだけど、その人よ。それで、その人が、会いに行く予定だったことから、スーザンも事情聴取を受けることになって」

そこで、ふたたび椅子の背にもたれたメリンダが、額に手を置いて嘆く。

「そんなことがあったものだから、私、すっかりまいっちゃって」

「それは、大変だったね」

「社長が、こうしてすぐさまパリに避難させてくれたからよかったけど、あのまま、ロンドンにいたら、今頃、パパラッチの餌食だわ」

「たしかに」

頷いたシモンが、「だけど」と気がかりそうに言う。

「それなら、スーザンは、たまったものではないだろうね。あんなことがあったあとだというのに、今度は、こんなとんでもない事件に巻き込まれて」

「……ああ、まあ、そうなんだけど」

何か言いたそうに同意したメリンダを見おろして、シモンが訊き返す。

「けど、なんだい？」

どうやら、やっかい事の種は、スーザンにもあるらしい。

そのことを、ふたたび身体を起こしたメリンダが、教える。

「私、さっき、スーザンには、前から問題があったって言ったでしょう？」

「言ってたね。――それが？」

そこで、チラッと周囲を気にしたメリンダが、身を寄せて話し出す。

「これは、親しくしているスタッフから聞いたんだけど、彼女、前にエジプトに撮影に行った際、砂漠で妙な指輪を拾ったんですって」

「妙な指輪？」

「ええ。スーザン曰く、『幸運をもたらす指輪』なんだとかって」

「ふうん」

呟いたシモンが、至極理知的な疑問を呈する。

「……拾ったものなのに、そんなこと、誰に教えてもらったんだろう」

「たしかにね。考えてもみなかったけど、単に、自分でそう信じているだけなのかも」

納得したメリンダが、続ける。

「でも、実際、それからしばらく、スーザンにはラッキーなことが続いたらしく、その一つに、例のファッションショーでのモデルの話があったわけ。——ほら、私なんかからすると、あれは、あくまでもお遊びの舞台だけど、モデルの卵にとっては、モデル事務所のスカウトマンなんかが来る本気の舞台で、出るのも簡単じゃあない。自分の名前を売る絶好の機会だから、みんな必死よ」

「そうなんだ」

そこで、シモンはふと思ったことを口にする。

「そのわりに、オニールやユマが出ていたりしていたけど」

「あれは、デザイナーが名を売りたくて、注目を浴びるために二人を起用したのよ。ふつうなら絶対にありえないけど、どういうコネがあったのか、メアリーとかいうデザイナーは、オニールたちと懇意だったみたい」

「——ああ、うん。メアリーね」

メリンダが、意外そうに訊き返す。

「もしかして、シモンも知っているの？」

「まあ、ちょっとね。顔見知り程度だけど」

「ふうん」

意外な人脈に、メリンダが不思議そうに相槌を打つ。

シモンが、「それで」と会話を元に戻した。

「話が横道に逸れたけど、スーザンには問題があったというのは？」

「――ああ」

思い出したメリンダが、「スーザンは」と続けた。

「その指輪の効力を妄信していたみたいで、スタッフの一人が、恐ろしいものを見ちゃったそうなの」

「恐ろしいもの？」

「身の毛のよだつようなことよ」

言い換えたメリンダが、声を落として続ける。

「そのスタッフによると、スーザンは、指輪に自分の血を捧げていたんですって」

さしものシモンも、驚いたように水色の瞳を見開いて訊き返す。

「――自分の血？」

「ええ。――カッターナイフで、こう、指先を切って」

言いながら、人さし指の腹に逆の手の指を食い込ませながら、メリンダは説明する。

「それでもって、指から滴り落ちる血が、指輪に吸いこまれるように見えたそうなの」

「まさか」

「本当よ」

　深く頷いたメリンダが、「私」と続けた。

「それを聞いて思ったんだけど、スーザンがここしばらく身につけている指輪って、気味悪いくらい毒々しい赤い色をしていて、あれが血を吸った結果だと言われると、すごく納得がいくの」

　シモンが、優雅に片眉をあげて、反対の意を示す。

「でも、だからって、彼女が血を捧げていたというのは……」

「たしかに」

　メリンダが、譲歩する。スーザンのためというよりは、シモンに薄情な女と思われたくないという乙女心だろう。

「直接見たわけではないから、断言はできないけど、それ以外にも、最近の彼女は、時々まったくの別人に見えたりして、どうも気味が悪かったから、正直、付き人を離れてくれて、ちょっとホッとしているといえばしているのよ」

「――別人に？」

　それはまた毛色の違う話だと思い、シモンが興味を示す。

「別人って、たとえば？」

「インドの修行僧みたいな老人よ。上半身裸の」

とたん、シモンが、完璧に整った顔をしかめて首を傾げた。

「インドの修行僧だって？」

「もちろん、そんな感じというだけで、本当かどうかはわからないわよ？」

自信のないらしい彼女が、弁明する。

わからないのは、霊感が弱いからではなく、単に知識が不足していて、正確な判断がくだせないだけだろう。

シモンが、慎重に確認する。

「上半身裸ということは、何か特別な修行でもしているのだろうか」

「だから、わからないってば」

面倒くさそうに応じたメリンダが、「とにかく」と続ける。

「私は、極力関わらないようにしているんだけど、スーザンと仲のよかったサリーって子が、様子を見に行ってくれたみたいよ」

「ふうん」

相槌を打ちながら、シモンは嫌な予感がしていた。

サリーといえば、エリザベスとも仲がよく、もし、サリーを通じて、この不可解な事件がユウリのところに届けば、間違いなく、ユウリは彼女のために、危険を顧みずに動くからだ。

そして、こうしてサリーの名前が出てきている限り、そうなる確率はかなり高い。

(いちおう、アンリに情報を流して注意をうながしておくか……)

そのためには、メールより電話で直接話したほうがいい。

今は、互いに授業があるため、夜になったら電話しようと決めたシモンは、メリンダと別れると、まずはユウリの動向を探るためにご機嫌伺いのメールを打ってから、午後の授業に出席するべく、大学に戻った。

5

（……どうしてだろう）

　ユウリは、路地を曲がったところで立ち止まり、不審そうにあたりを見まわした。

（たしか、この辺にあるはずなんだけど——）

　黄昏時（たそがれどき）のもの悲しさが、木枯らしとともにユウリの心に忍び入る。それは、目的地に辿り着けない旅人が抱く、心許（こころもと）なさと相通じるものがあった。

　アシュレイからの呼び出しを受け、ミスター・シンの店に向かっていたユウリであったが、なぜか、店に辿り着けないでいる。いまだかつて、ミスター・シンの店に行くのに迷ったためしはなかったのに、なぜか、今日に限って店が見つからない。

　いったい、どうしてなのか。

　冬の日の入りは早く、まだお茶の時間であるにもかかわらず、あたりはすでに暮れ始めていた。それとともに、ものの輪郭（りんかく）が薄れ、すべてが溶けだしてごちゃまぜになっていく様子が、よりいっそう、ユウリの不安をかき立てる。

　そもそも、自分は、どこに向かっているのだったか。

　あるいは、自分は、いったい何者であったか。

そんな根源的なことまで、あやふやになってしまいそうな曖昧さが漂っている。

もしかしたら、自分は、次元と次元の狭間の、浮動する空間に踏み込んでしまったのかもしれない。

揺らぐ心を鎮めるため、ユウリはその場で目を閉じた。

雑念を振り払い、心の目でまわりを見る。

ゆっくり、ゆっくり、呼吸を深くしていき、おのれの中が無に達したところで、一つのことだけ念じる。

(アシュレイに通じる扉は――)

すると、視界の一角に何かが見えた。

そこに意識を集中すると、それは、赤い扉だった。

光り輝くような赤だが、血のように黒く、毒々しい赤である。

実際、扉からは、血が流れ出ている。

尽きることなく溢れ出てくる血。

それは、立ち尽くすユウリを襲い、血の海の中で溺れそうになる。

(まずい――)

息苦しくなったユウリが、大きく息を吸い込んで目をあけると、そこに、見覚えのある黒い扉があった。

ミスター・シンの店の扉だ。

いつの間にか、その前に立っていたユウリであったが、もしかしたら、最初からそこにいたのかもしれない。

なんにせよ、ユウリはようやく辿り着いた店の前で、躊躇する。

今しがた見せられた血のイメージが強すぎて、なかなか扉をあける気にならなかったのだ。

はたして、この扉をあけてしまっていいものかどうか。

そもそも、本当にこの中にアシュレイがいて、ユウリのことを待っているのか。

もし、そうだとしたら、傲岸不遜が板についたようなあの元上級生は、今、どんなことに関わっているのだろう。

それが、一番の問題だと思う。

なぜと言って、この扉は、絶対にあけるべきではないと思われるからだ。

あけてはならない、禁断の扉。

この奥にあるものを想像するだけで、震えが走る。

と――。

躊躇するユウリの上着のポケットで携帯電話が鳴り響き、取り出してみれば、発信者のところにアシュレイの名前があった。

電話に出ると、こちらが言葉を発するより早く命令される。

「マヌケ。そんなところをぐるぐる回ってないで、とっとと入ってこい」

（……ぐるぐる？）

ユウリは、ぐるぐる回っていたつもりはなかったが、どうやら、迷っているように思っていた間、彼は、扉の前にずっといたのだろう。

だとしたら、さぞかし間抜けに見えたに違いない。

「――わかりました」

少なくともアシュレイが中にいることはわかったので、溜（た）め息（いき）をついて電話を切り、覚悟を決めて扉をあけた。

と――。

扉に触れた瞬間、左手の手首でパチッと静電気が走る。

今は見えていないが、ユウリの左手首には、女神にもらった「グナ」と呼ばれるお守り（アミュレット）があって、それが、扉に重なる結界のようなものに反応したのだろう。――つまり、やはり、扉の向こうは、おいそれと踏み込んではいけない禁断の場所であるということだ。

いったい、何がどうなっているのか。

中に入ると、店の奥にアシュレイがいた。

どうやらケガなどはないようで、チラッと青灰色の瞳でこちらを見た様子も、いつもと変わらず高飛車だ。さらに、呼び出しておきながら、挨拶の一つもしてくれない身勝手さも健在のようである。

そんなアシュレイは、現在、店主が使う大きな事務机の上に足を投げ出して座り、あたり構わず散らかした大量のファイルを読んでいる。

その姿にも、特に違和感はない。

違和感は、別のところにあった。

正直、店の中には、実に異様な光景が広がっている。

（う～ん。そうか……）

その奇抜さに思わず首をすくめてしまったユウリは、抜き足差し足の手前くらいの足取りでこわごわと店内を歩きながら、まず、アシュレイから少し離れたところに座っている見知らぬ男にもの憂げな視線を投げ、次に、店主の事務机の脇を通る時に、誰に対するともわからない虚空に向かって軽く会釈をして過ぎると、急にそそくさとした動きになってアシュレイの隣の椅子にすとんと腰をおろした。

まるで、安全圏に避難する子供のような振る舞いである。

実際、ユウリにとっては、そこだけが安全圏に思えたらしく、座ったとたん、ホッと息をつく。

それからもう一度、さっきと同じように見知らぬ男に視線をやり、次に、自分の真横の空間を窺うように見あげたあと、首を回してアシュレイの横顔を食い入るように見つめた。

それまで、黙ってユウリがやることを上目遣いに見ていたアシュレイが、意識を手元のファイルに戻しながらうながす。

「言いたいことがあるなら、さっさと言え、ユウリ」

「え、……でも」

正直、言っていいものかどうかすらわからず、ユウリは、三たび、窺うように、自分の真横の空間を見あげる。

おそらくアシュレイには見えていないが、そこにいる者が、さっきからずっと、ユウリを睨みつけるように見おろしているのだ。

はっきり言って、怖い。

と――。

ふいに横から伸びたアシュレイの手が、ユウリの顎を摑んで自分のほうを向かせ、同時に苛立たしげに命令される。

「いいから、よけいなことは考えず、お前は俺だけを見ていろ」

「……はあ」

もし、これが違う状況下であったなら、熱烈な愛の告白とも取れる台詞であったが、今

のユウリはそれどころではなく、困った様子で応じる。

「できれば、そうしたいところですけど、そもそも、いったい、これは……」

どういう状況なのか。

説明を求めるように言葉尻を濁したユウリに対し、肩をすくめたアシュレイが答える。

「説明しろというなら、悪いが無理だ」

「そうなんですか？」

意外そうに応じたユウリが、「もしかして」と尋ねる。

「アシュレイ、困っています？」

「そう見えるか？」

「全然、見えませんけど」

「なら、そうなんだろう」

「でも、説明できないんですよね？」

とたん、ジロッと睨まれ、ユウリは口をつぐんだ。だが、今の会話で、少し緊張がほぐれたので、まわりを見まわしてから、訊いてみる。

「ちなみに、ミスター・シンは？」

「奥さんと二人、南の島でのんき気にバカンス中だ」

アシュレイは理不尽そうに答えたが、それを聞いたユウリは、ひとまずホッとする。年老いた彼らを、こんなおかしな状況に置かずにすんでよかったと思ったのだ。

そんなユウリを見て、ファイルを置いたアシュレイが、本格的に問い質した。

「――で、お前には、この状況がどう見えているんだ？」

「えっと」

何かを避けるようにわずかにアシュレイのほうに身体を倒したユウリが、ひとまず自分が見ているものを教える。

「わかっていると思いますが、そっちのソファーには死体があって、ここに」

言いながら、自分の真横を指して続ける。

「何かがいて、僕のことをずっと睨んでいます」

「へえ」

見えていなかったアシュレイが、改めてユウリの横を見て、尋ねる。

「『何か』というのは、形容できないようなものなのか？」

「いえ。見た目は人間みたいですけど、どうあっても人間とは思えない何かです」

「妖精とか？」

「違います。それに、天使でも悪魔でもないと思います。少なくとも、白い羽も黒い羽も生えていません」

そこまで説明したところで、ユウリが防御するように手をあげて、さらに身体をアシュレイのほうに倒した。

すると、ユウリの首に腕を回して引き寄せたアシュレイが、上から覗き込むようにして問いかける。見えない相手から守ってくれたと言えばそう見えるが、単にホールドしたと言われたらそれまでの微妙さだ。

「それなら、西洋のものではないんだな?」

「……たぶん」

頷いたユウリが、アシュレイの腕に手をかけて体勢を立て直してから続ける。

「そう言われると、東洋のものっぽい気がします。コワイ系の仏像にありそうな」

「……コワイ系ね」

アシュレイがおもしろそうに繰り返し、チラッとファイルに目をやった。

「例えば、夜叉(やしゃ)みたいな?」

「夜叉?」

言われたものに対し、漠然としたイメージしかなかったらしいユウリが、「どうだろう」と言いながら横を見る。

それから、「ああ」と声をあげて報告する。

「かんじんなことを言い忘れていましたが、両腕と両足が逆向きです」

とたん、パシッと頭をはたかれ、怒られる。

「先に、それを言え。マヌケ」

それから、「痛っ」と言って頭を押さえたユウリを余所に、アシュレイは、散らばったファイルの中から一冊を選び出し、それを振りながら挑戦的に言った。もちろん、ユウリに対してではない。見えないなにかに向かってである。

「あんたの正体がわかったぞ」

すると、ユウリの目には死体としてしか映っていなかった見知らぬ男が、顔をあげ、楽しそうに話し出す。

「なるほど。どうやら、なかなか稀有な手下を持っているらしい。――だが、それだけでは、私の望みはわからないはずだ」

「たしかにな」

認めたアシュレイが、「でもまあ」と続ける。

「時間は、たっぷりある」

言いながら、ユウリに向き直ったアシュレイは、「ということで」とあまり嬉しくない宣告をくだした。

「お楽しみは、これからだ、ユウリ」

「――え？」

死体がしゃべり出したことに驚いていたユウリは、戸惑ったように訊き返す。

「これからって、どういう意味ですか？」

「そりゃあ」

そこでようやく、アシュレイが、二人の置かれた絶望的な状況を簡潔に説明した。

「こいつの望みを叶えられない限り、俺もお前も、食われて終わりってことだよ」

6

その夜。

アンリは、いつまで経ってても帰ってこないユウリのことを心配して、部屋の中を行ったり来たりしていた。

アンリと別れたあと、エリザベスと会ったことまではわかっている。

何か、深刻な相談事であるようなことを言っていたので、あるいは、時間を忘れて話し込んでいるのかもしれない。

そう考えると、あまり干渉するべきではない気もしたが、夕食の時間をとっくに過ぎても連絡がないというのは、ちょっとおかしかった。

何か、連絡できないような状況に陥っているのではないか。

それとも、何かに夢中になるあまり、つい連絡を忘れてしまっただけなのか。

もちろん、メールはしてみたが、今のところ、返事はない。

だが、それも、ユウリにはありがちなことなので、それだけで、何かを判断するのは難しかった。

はたして、大学生であるユウリの行動に、どこまで口を出してもいいものか。

アンリにしては、珍しく判断に困っている。

何度目になるかわからない往復をしたところで、「でも、やっぱり」と言って、アンリは手にしたスマートフォンを操作する。

「確認しないで後悔するよりは、確認して恥をかいたほうがいい」

そう言って電話した相手は、エリザベスだ。

二人の時間を邪魔することになったとして、彼女だって、こちらの事情はわかってくれるだろう。

『もしもし？』

「あ、こんばんは。アンリです」

『あら、珍しい』

言ったあとで、ふいに何かに気づいたように、エリザベスが声を低くする。

『――やだ。もしかして、ユウリが戻っていない？』

「ということは、ユウリは、今、リズと一緒ではないんですね？」

『ええ』

肯定したエリザベスが、焦った様子で続ける。

『――ああ、どうしよう。やっぱり、無理にでも止めればよかった』

アンリが、スマートフォンを握る手に力を込めて言う。

「止めればって、どういうことです？」

『それが、ユウリ、私と会っていた時に、アシュレイから呼び出しを受けて、彼に会いに行ってしまったの』

「冗談――」

　絶句したアンリに、エリザベスが謝る。

『ごめんなさい。いちおう、やめたほうがいいと忠告はしたつもりなんだけど、ユウリ、こういうことはしょっちゅうだし、私が話したことを、アシュレイに相談してみると言っていたので、つい――』

　エリザベスの言葉に引っかかりを覚えたアンリが、念のために尋ねた。

「アシュレイに相談って、それなら、リズの話というのは、どういう？」

　そこで、リズが簡単に話の内容を聞かせた。

『それで、スーザンには、明日の午後に会えることになったんだけど、そのことをユウリにメールしても、返事がなくて、私もさっきからずっと気になっていたの』

「――そうですか」

　大方の事情がわかったアンリが、ひとまずエリザベスとの会話を切りあげる。

「わかりました。――どうも、夜分にすみません。何かわかったら、また連絡します」

『そうね。お願い。――こっちも、そうするわ』

そこで、「おやすみ」を言い合い、彼らは電話を終えた。

アンリが、窓の外を見る。

今夜はいちだんと冷え込み、本格的な冬将軍の到来を告げていた。その分、空気は澄み、空の星がきれいに輝いているのが見える。

（まずいなあ。アシュレイか……）

アンリは、大きく溜め息をついて思う。

（また、なんでユウリは、アシュレイなんかの呼び出しにほいほい応えてしまうんだか）

アンリは、まだ、シモンほどにはユウリとアシュレイの関係性を知らないので、そのあたりが不思議でしかたなかった。

だが、今はそんなことを言っていても始まらないので、アシュレイの居場所を特定するにはどうしたらいいかを考えることにする。

（アシュレイ、アシュレイ、アシュレイか。アシュレイといえば、アシュレイ商会。そうだ、ユウリの部屋に、例のスマートフォンがあれば、あるいは――）

ユウリはアシュレイに渡されたスマートフォンを持っていて、連絡先が不明とされるアシュレイに常にアクセスできる稀有な人間の一人であるとシモンから聞かされている。

静けさを取り戻した部屋の中で、アンリが立ったまま情報を整理していると、ふいに手の中のスマートフォンが鳴り出した。

チラッと見おろした発信者のところに、異母兄の名前を見つけ、アンリは「やばい」と小さく天を仰いだ。

最悪のタイミングである。

虫の知らせか。

はたまた、以心伝心なのか。

重い溜め息をついたアンリが、しかたなしに電話に出る。

「やあ、兄さん」

『やあ、アンリ。――今、少し込み入った話をしても大丈夫かい?』

「そうだね」

応じたアンリが、悩ましげに続ける。

「僕自身は大丈夫だけど、僕以外のことでは、正直、のんびり話なんて聞いていられないくらい、とんでもないことになっているかも」

すると、海の彼方で、完璧に整った顔をしかめたであろう異母兄が、何かを察したようにその言葉を口にする。

『――まさか、ユウリに何かあった?』

「うん。ものすごく言いにくいんだけど、ごめん、アシュレイに会いに行ったきり、帰ってこない」

それに対し、小さく息を呑む様子が伝わり、続いて低く告げられる。

『わかった。すぐに、そっちに向かう。お前は、僕が着くまでに、もう少し状況を整理しておいてくれ』

「いいけど、本当に今から来る気？」

確認しながら時計を見あげたアンリに、シモンが『ああ、いや』と意見を翻した。

『たしかに、今から車で出ても、そっちに着くのは明け方になるし、そんなに早い時間から動くこともできないだろうから、体力を無駄に使うだけであまり意味がないな』

「そう思うよ。アシュレイの居場所がわかっているならともかく、情報収集から始めるなら、ある程度の時間にならないと無理だから」

アンリの同意を受け、シモンが言う。

『それなら、今夜は家でぐっすり寝て、今後に備えて体力を温存することにするよ。考えてみれば、アシュレイとの駆け引きは、最後は体力勝負になる場合が多いからね。――ということで、明日の朝一番のヘリで、そっちに行く』

「わかった」

了承したアンリが、「ああ、それと」と問いかける。

「ユウリが持っているアシュレイと連絡がとれるとかいうスマホって、捜しておくべき？」

『……ああ、そうだね』

少し考えたシモンが、『やっぱり、いいや』と退けた。

『どうせ、あの人のことだから、ユウリ以外が使おうと思っても使えないように設定してあるだろうから、あっても意味がないはずだ』

「まあ、そうか」

そこで兄弟は会話を終わらせ、それぞれ、翌日に備えることにした。

第四章　アレクサンドロスの夢

1

翌日の午前中。

パリからロンドンへ、空の移動手段を使わず、列車でやってきたシモンに、フォーダム邸で迎えたアンリが訊く。

「なんで、ヘリを使わなかったわけ？」

「いや、夜のうちに考えたのだけど、さすがにヘリを動かすと、父さんに報告がいってしまうと思ってね」

「そうだけど――、え、なに、まさか、今さら、大学をサボったのがばれるとまずいとか考えている？」

自立心に富んだ異母兄が、よもや、そんな些細なことを気にするとは思わなかったアンリが驚いて訊き返すと、玄関広間でコートを脱いでいたシモンが、「まさか」と笑う。

「そんなことはどうでもいいんだけど、このことが父にばれると、フォーダム博士に連絡が行く可能性がある」

「ああ、そうか。──さすが」

驚きから一転、異母兄の深慮を讃える。

一晩、帰らなかったユウリのことを、ケンブリッジにいるフォーダム博士に連絡するかどうかで悩んだのだが、大学生が徹夜で出かけたり、外泊したりするのを、いちいち父親に報告するのも気が引けた。

もちろん、ユウリは遊び人ではないので、今回のことは異常事態と見ていいが、少なくとも、アシュレイと一緒なのは間違いないと思われたため、少し様子を見ることにしたのだ。

そのことを了解している執事のエヴァンズが、ユウリのために手を尽くしてくれているベルジュ家の兄弟のために、栄養満点の朝食を用意してくれたので、二人して食堂に向かいながら、シモンが言う。

「まあ、認めるのは悔しいけど、アシュレイが絡んでいるなら、すぐさま命に関わるようなことはないだろうし、もしそんなことがあれば、いくらあの人でも、僕に連絡してくるはずだ」

経験を踏まえ、シモンは、状況を多少楽観視した。もちろん、この時点で、まさかユウリが、アシュレイとともに「化け物に食われる」などという奇想天外な窮地に立たされているとは、ゆめゆめ思わなかったのだ。

「さて」

食堂で、エヴァンズの淹れてくれたコーヒーに手を伸ばしながら、シモンが訊く。

「まず、お前が知っていることをすべて、順を追って話してくれるかい？」

「そうだね」

そこで、アンリが、エリザベスから得た情報を簡潔に伝えた。

聞き終わったところで、シモンが苦々しげに応じる。

「……やっぱり、そっちはスーザンがらみか」

「やっぱりって、兄さん、スーザンが取り憑かれている可能性があることを、知っていたわけ？」

「うん。実は、昨夜電話したのは、そのことで、お前に、ユウリの身辺に注意するよう伝えるつもりだったんだ」

「へえ」

意外そうに受けたアンリが、こんな時でも朝日を浴びて神々しい異母兄を見て問いかける。

「でも、そんな話、パリにいて、よく耳にできたね？」

「それは」

　一瞬、躊躇したシモンが、続きを口にする。

「――メリンダがパリに来ていて、教えてくれたんだよ」

「ああ、メリンダ・スーン」

　そう言った時のアンリの口調がなんとも意味ありげだったため、シモンが軽く眉をひそめて大人びて野性味のある異母弟を睨んだ。

「なんだい？」

「別に」

　その言い方にも引っかかりを覚え、こんな時であったが、シモンが話を脱線させる。

「そういえば、アンリ、この前も、ユウリの前でよけいなことを言ってくれたけど、いったい、誰にメリンダのことを聞いたって？」

「ナタリーだよ」

　あっさり答えたアンリが、説明を付け足す。

「ハロウィーンの時に、最近、メリンダが鬱陶しいからどうにかしろって、さんざん文句を言われたんだ。……僕は、関係ないのに」

　とたん、げんなりしたシモンが、呆れた口調で呟く。

「なんで、ナタリーがそんなことを」

「そりゃ、未来の『ベルジュ伯爵夫人』の座を脅かしかねないからだろうね」

どこかおもしろがっている異母弟に対し、シモンが澄んだ水色の瞳を細めて言い返す。

「悪いけど、そんな心配をしてもらわなくても、ナタリーにだって、未来の『ベルジュ伯爵夫人』の座は用意されていないから、次に言われたら、はっきりそう伝えるといい」

「そうなんだ？」

カフェオレのカップを持ち上げながら、アンリが意見を述べた。

「でも、僕はいいと思うけど」

「なにが？」

「ナタリーだよ」

シモンが、この世の終わりが来たかのような絶望感を秘めて訴える。

「冗談でも、そんな恐ろしいことを言わないでくれないか」

「なんでさ。――ナタリーなら、『ベルジュ伯爵夫人』の座さえ与えておけば、兄さんが、いくらユウリのことにうつつを抜かしていても、文句は言わないだろうし、ある意味、波乱万丈な夫婦生活が送れそうじゃないか」

「――なんだい、それは」

心底嫌そうに応じたシモンが、異母弟を冷たく見やって文句を言う。

「言っておくけど、僕は、妻になる女性とは穏やかな時間を過ごしたいし、それに何より、僕がユウリのことにうつつを抜かしていても文句を言わない女性なんて、彼女以外にも大勢いるよ」

「そう？」

そこで、考え込んだアンリが、「たとえば」と具体的な名前をあげる。

「ユマやリズなら、たしかにそうかもしれない。――でも、正直、あの二人は、この世でも数少ない、兄さんになびかない女性たちじゃないか」

そこで、軽く目を見開いたシモンが、意外そうに訊き返した。

「やっぱり、そう思うかい？」

「うん、思うよ。――まず、リズは、基本、お金持ちのボンボンは好きではないから、ぎり、オスカーくらいが恋愛対象だろうな。ユマにいたっては、冗談抜きで、存在のきれいな相手が好きみたいだから、きっと、ユウリはもろにタイプなんだろうし、将来は同性を好きになる可能性だってある気がする」

なかなか穿った意見を聞かされ、シモンは、思わず感心した。

「なるほどねえ」

「だから、やっぱりナタリーが――」

からかうように言いかけた異母弟を人さし指をあげて押し留め、シモンが本気で注意する。

「言っただろう。冗談でも、ナタリーのことは言わないでくれ。――それに、今は、そんな与太話をしている場合ではないし」

自分で脱線させたのだが、シモンは、そう言って話を元に戻した。

「メリンダの話では、今、ロンドンを騒がせている吸血鬼殺人と、指輪に取り憑かれているらしいスーザンが、あながち無関係ではないような口調だったんだ。たぶん、問題の指輪に血を捧げていたことが、その発想を生んだんだろうけど」

「――それって、かなりやばそうな話だよな」

アンリが眉をひそめて言った感想に対し、シモンが真剣な表情で頷いた。

「だから、ユウリの身辺に気をつけてほしいと言いたかったんだよ。――無駄だったけど」

皮肉気に感想を付け足し、さらに「こうなったら」と焦点を探る。

「問題は、アシュレイが、いったいなんの用件でユウリを呼び出したかなんだけど、リズは、アシュレイとユウリがどこで落ち合うつもりだったかは聞いていないんだね？」

「そうみたいだよ」

認めたアンリが、「あのあと」と続ける。

「もう一度、リズに電話して、その時のことを詳しく訊いてみたけど、ユウリがアシュレイと電話で話したのは、ものの十秒くらいだったそうなんだ。あれは、話したというよりは、一方的に何か言われただけで、会話にすらなっていなかったって」

「わかるよ」

シモンが同調する。

それは、なんともアシュレイらしい連絡の仕方で、有無を言わせずにユウリを従わせるための常套手段だった。

アンリが、なんとも歯がゆそうに「だけど」と言う。

「それで、なんでユウリは、あっさり従ってしまうんだろう？」

「ユウリが、アシュレイを信頼しているからだろうね」

「信頼？」

アンリが疑心暗鬼の口調で問い返す。

「……あの悪魔のごとき男を？」

「そうだね」

どこか切なそうに応じたシモンが、「それと」と続けた。

「たぶん、こっちのほうが大きいのだろうけど、僕やオスカーやお前なんかに比べて、厄介事に巻き込むことに躊躇がない。――きっとユウリの中で、アシュレイだけは、お互い様という倫理観が働いているんだろう」

シモンが言うと、アンリが「あ」と人さし指を振って応じる。

「それは、リズも言っていた」

「リズが、なんて？」

「どうやら、彼女、スーザンのことを、兄さんかオスカーにも話したほうがいいんじゃないかと提案したみたいなんだけど、ユウリは、二人を巻き込むことはしたくないって、頑なに断ったそうなんだ」

「……ああ、だろうね」

相槌を打ったシモンは、とても不満そうで、かつ苦渋に満ちていた。

アンリが、「でも、そのくせ」と続ける。

「アシュレイに呼び出されると、なんの躊躇いもなくスーザンのことも相談してみると言ったもんだから、リズは、ものすごく意外だったらしい。――あと、リズが、このことで、何度も謝っていた」

「ああ。僕のところにも謝罪のメールが来ていたよ。でも、リズだって悩んだ末に、ユウリに相談したんだろうし、ユウリが自分で判断したことについては、リズにはなんの責もないわけで、まったく気にする必要はないと返事はしておいた。……とはいえ、無事にすむまでは、ずっと気に病むだろうね」

シモンの言葉に、アンリも同意する。

「リズは、責任感が強いから」

それから、問題となっていることに焦点を当てる。

「だけど、そうなると、すべてはアシュレイというわけか」

「そう」

頷いたシモンが、スマートフォンを操作しながら「それで」と言う。

「実は、ここに来る前に、パスカルに連絡して、ユウリの携帯電話の使用履歴と位置情報を調べるように頼んでおいたんだ。――その結果が、ついさっき、届いたんだけど」

パスカルというのは、ユウリやシモンのパブリックスクール時代の友人で、数学にめっぽう強く、現在は、シモンと同じパリ大学で頭角を現し始めている。

「――え？」

アンリが、驚いたように高雅なシモンを見つめて訊き返した。

「そんなことが、できるんだ？」

「そうだね。パスカルは、いつでも好きな時に、ユウリの携帯電話にアクセスできるようになっている。それは、ユウリも了解済みだよ。――もちろん、僕がやってもいいんだけど、僕がやると、自分がストーカーになりそうで怖いから、いちおう、パスカルをセーフガードにしているんだ」

「……なるほど」

たしかに、ベルジュ家の次期当主が、友人に対するストーカー行為で捕まるのは、どうあっても避けたい。なまじ、その可能性が実感できるだけに、パスカルを経由するというのは、実に理に適った処置だと思えた。

「――で」と、シモンが続ける。

「どうやら、ユウリが最後に携帯電話を使ったのは、メイフェアの近くらしい。ただ、ある時点から、まったく位置情報が機能しなくなってしまったようで、そこまでしか辿れなかったそうだ」

「原因は？」

「パスカルが言うには、近くに通信施設か何かがあって、強力な電磁波にでも邪魔されたのではないかということだったけど」

「電磁波ねえ」

アンリが、あまり歓迎しない口ぶりで応じる。

「変な話、超常現象には、電磁波がつきものだ」

「うん」

認めたシモンが、「しかも」と続ける。

「幸い、あのあたりだと、磁場が乱れていそうで、かつ、アシュレイと関係する場所に、一つだけ心当たりがある」

「そうなんだ?」

訊き返したアンリに、「お前だって」とシモンが記憶を喚起させるように言った。

「覚えがあるだろう」

「え、僕?」

そこで、少し考えてから、アンリが指を鳴らした。

「あ、そうか。『ミスター・シン』の店だ」

「そう。お前が、初めてアシュレイに会った場所だよ」

それは、今からおよそ二年前のことになる。

アンリは、実の母親であるロマの娘、マリアのことで悩んだ末、「ミスター・シン」の店を訪れたことがあった。

その時に、アシュレイに会い、その人となりに初めて触れた。

「なるほど。あそこなら、電磁波が乱れる理由もわかる気がする」

「それに、ユウリが一言聞いただけで辿り着ける場所でもあるし」

兄弟が顔を見合わせて、頷き合った時だった。

ふいに食堂のドアが開いて、当のユウリが姿を現した。

2

「——あれ。嘘、シモン⁉」

入ってくるなり、シモンの高雅な姿を認めたユウリが、意外そうに名前を呼んだのに対し、振り返ったベルジュ家の兄弟が、あっけにとられてユウリを見つめる。

「ユウリ！」

「ユウリ、君——」

ユウリが、弾かれたように二人のほうに走ってくる。

「うわ。どうしよう。シモン、もしかして、心配してパリから来てくれたんだ？」

近くに立ったユウリに腕を摑まれ、シモンが空いているほうの手でユウリの頰に触れながら応じる。

「当たり前じゃないか。一晩連絡がなければ、誰だって心配する」

「——ごめん」

申し訳なさそうに謝り、ユウリが「まさか」と続ける。

「こんなに時間が経っているとは思わなくて。——僕たちの感覚では、数時間くらいのものだったから」

異母弟とチラッと目を見かわしたシモンが、苦笑気味に訊く。

「もしかして、妖精(ようせい)の国にでも行っていた？」

「そうだね。それに、近い場所にいたんだと思う。実際にいたのは、『ミスター・シン』の店だったんだけど、あそこは今や、異次元ワールドになっているから」

どうやら、シモンたちの推測は当たっていたようである。

ただ、「異次元ワールド」というのは、どういうことなのか。それに、アシュレイは一緒ではなかったのか。

訊きたいことは山ほどあったが、シモンは、真っ先にいちばん気になることを訊く。

「それで、アシュレイは？」

「まだ、向こうにいるよ」

「向こうというのは、『ミスター・シン』の店のことだね？」

「そうとも言えるし、違うとも言える……かな？」

相変わらず曖昧(あいまい)な返事をするユウリに対し、慣れているシモンが言い換える。

「それなら、異次元ワールドってことか」

「それが、正しいかも」

「じゃあ、その『異次元ワールド』というのは、そもそも、なに？」

「簡単に言うと、結界の向こう側だよ」

「結界――」

そこで、ついに降参するように両手をあげたシモンが、「悪い、ユウリ」と嘆願する。

「何がどうなっているのか、僕たちにもわかるように説明してくれないかい？」

「もちろん、そのつもりだし、そうすべき理由もあるんだけど、なにせ、このあと、スーザンに会いに行かなくちゃならなくて、あまり時間がないのと、正直、僕にもわからないことだらけなんだ。――例によって例のごとく、アシュレイは、自分から話す気になるまでは、多くを教えるつもりはないようだから」

「ああ、彼らしいね」

同調したシモンが、「つまり」とひとまず話を整理する。

「わかっているのは、アシュレイは、現在、異次元ワールドにいるという事実だけで、君は、その彼のために働かされていた？」

「うん」

「だけど、それが終わったので、今度はスーザンの件に関わろうとしている？」

「あ、いや、えっと、アシュレイのほうも、まだ終わったわけではないよ」

ユウリの言葉に、シモンが訝(いぶか)しげに訊き返す。

「でも、君は、こうしてここにいるわけだから」

「一時的にね」

シモンの言い分を訂正し、ユウリが断言する。

「スーザンのほうが片づいたら、また戻るつもりだよ」

「なぜ?」

愚かしいことでも聞いたかのように、シモンが理由を問いかけた。

「どうして、わざわざ戻る必要があるんだい。勝手に異次元ワールドの住人になっているアシュレイのことなんか、放っておけばいい」

どういう経緯で、異次元ワールドなんかにいるのかはわからないが、どうせ、彼のことだから、ユウリに手伝わせて魔法の扉でも開いたのだろうと推測する。

だが、ユウリは困惑気味に弁明した。

「そういうわけにもいかなくて。——というのも、あのままにしておいたら、『ミスター・シン』の店が、ホラー映画のように人を食べ始めそうだから」

「……人を食べ始めそう?」

ユウリはさらりと口にしたが、それはシモンの予想をはるかに超える危険な領域で、この瞬間、まさに、ユウリは、アシュレイの呼び出しで、命の危険にさらされていたということがわかった。

「ちょっと待った、ユウリ。さっきから言っている『異次元ワールド』というのは、人を食べるのかい?」

「らしいよ」

「食べるって、文字どおり、『食べる』のかい？　――比喩とかではなく？」

「たぶん、そういうことなんじゃないかな……。少なくとも、アシュレイは、そのつもりで言ったのだと思う」

「アシュレイがね」

シモンが、秀麗な顔をしかめて呟く。

「――まあ、あの人がそう言うなら、そうなんだろうな」

それから、ユウリを見おろして、不思議そうに続けた。

「もしかして、アシュレイは、もう食べられてしまったとか？」

「まさか。まだ無事でいる……はず」

「へえ。……それは、残念」

シモンにしては痛烈過ぎる感想を短く呟いてから、「だけど」と続けた。

「それなら、そんな危ない場所に、なぜ、アシュレイは留まっているんだい。とっとと出ればいいものを」

「それは」

首を傾げたユウリが、推測する。

「たぶん、出られないからじゃないかな？」

「出られないって、どうして。――現に、君はこうして出ているのに？」

訊いたシモンが、さらに「アシュレイの都合で出てこないだけではなく？」と質問を重ねる。

「う……ん」

悩ましげに唸り、ユウリが答える。

「そのあたりの事情は、正直、わからないけど、少なくとも、僕が外に出ることができたのは、アシュレイが相手を説得してくれたからなんだ」

言いながら、ユウリは、ここに至るまでの経緯を思い返す。

あの時、アシュレイに「食われて終わり」と宣言され、さすがのユウリも驚いた。

「……食われて？」

その意味を噛みしめながら目を瞬かせ、ユウリがアシュレイに確認する。

「――冗談ですよね？」

「冗談に見えるか？」

「見えません」

「なら、そういうことだよ」

悲惨な死を宣告したわりに飄々と応じたアシュレイから店の扉に視線を移し、ユウリは恨めしげに呟いた。

「……やっぱり、あの扉はあけるべきではなかったんだ」

だが、そうは言っても、こうしてアシュレイがいる限り、見殺しにするなんてできないわけで、ユウリは、これも運命と諦めて腹をくくる。

心残りは、シモンたちに何も言わずに来てしまったことか。

シモンやアンリやオニールやエリザベス――。

そこまで考えた時、ユウリはハッとして、顔をアシュレイのほうに戻した。

「――まずい」

「何が？」

「いや、僕はここで終わりになっても構わないんですけど、このまま、帰れずに食べられてしまったら、スーザンはどうしようと思って」

「……スーザン？」

当然、それまでの経緯を知らないアシュレイは、唐突な台詞に対し、奇異な目でユウリを見おろして応じた。

「なんだ、『スーザンはどうしよう』って。新手の暗号か？」

「いえ、そうじゃなく」

そこで、ユウリは、アシュレイと会う直前まで関わっていたことについて説明した。今となっては無駄かもしれないが、できれば、それについて、助言も欲しかった。

聞き終わったアシュレイが、「なるほど」と納得する。

「血を必要とする指輪ね。……それは、なかなか興味深い」

最初はつまらなそうに聞いていたアシュレイであったが、途中から、あれこれと質問をはさむようになり、最後は、チラッと見知らぬ男を見て「聞こえただろう」と告げる。

「きっと、あんたにとっても、興味深い話だったはずだな？」

それに対し、見知らぬ男はなにも答えなかったが、その口元はかすかに笑っていた。アシュレイの言うとおりなのか、それとも、バカにしているだけなのか。

その反応を見てなにやら考え込んだアシュレイが、ユウリに視線を戻し、「たしかに」と言う。

「そういうことなら、途中で投げ出すのは、さぞかし心残りになるだろう」

ユウリが、胡乱(うろん)げにアシュレイを見る。

これほど物わかりのいいアシュレイは、もはやアシュレイではないと思ったのだ。自分の利益は尊重しても、他人の事情は顧みないアシュレイが、ユウリの心残りを気にしてくれるなんて、ふだんなら絶対にありえないことである。

いったい、その裏で、どんな計算を巡らせているのか。

「それに、そのことで、のちのち化けて出られてもいい迷惑だろうし、やはり、ここは一つ、お前は、一度ここを出て、そのスーザンとやらを助けてくるといい」

「——え」

それは、願ったり叶ったりであるが、はたしてそんなことが可能なのか。

「いいんですか？」

「いいも悪いも」

そこで、見知らぬ男を振り返ったアシュレイが、試すように問いかける。

「あんただって、そのほうがいいと思っているだろう。——心配せずとも、こいつは律儀だから、必ずここに戻ってくる。しかも、あんたへの土産物を携えて」

相手は答えなかったが、それは言い換えると、否定もしていないということである。

見知らぬ男が黙っている間にユウリがチラッと虚空を見やれば、逆向きについた腕を背中で組んだものが、熟考するような目でユウリを見おろしていた。

その目を見た瞬間、ユウリは、空気の流れが変わるのを感じた。

(もしかしたら、助かるかもしれない……？)

と——。

アシュレイが、そっぽを向いているユウリの腕をグッと掴み、自分のほうを向かせて告げる。

「ということで、いいか、ユウリ。お前は、ここを出て、そのスーザンとかいう女に会いに行け。それで、彼女から、その指輪を奪ってくるんだ」

「指輪を？」

「ああ。そうすりゃ、その女も指輪の呪縛から解放されて、一石二鳥だ」

「――一石二鳥」

つまり、指輪を奪うことで、他にも得をする人間がいるということである。

そもそも、スーザンを助けるのではなく、スーザンから指輪を奪うことのほうが主軸となっているところが、なんともアシュレイらしかったが、どうやら、彼の中では、すでにありとあらゆることが繋がり始めているようで、それもこれも、潤沢な知識に裏づけされた推理の結果なのだろう。

そのアシュレイが、残酷な一言を付け足す。

「――ただ、その女の場合、人を殺した罪からは逃れられないが」

「え？」

驚いたユウリが、アシュレイの顔を食い入るように見つめた。

「スーザンは、人を殺しているんですか？」

「ああ。例の吸血鬼殺人は、間違いなくスーザンの仕業だ。もっと言ってしまえば、陰でスーザンを操っている指輪についている霊の仕業だろう。でなきゃ、あんなふうに、ただ無造作に刺し殺しておいて、身体じゅうの血を抜くなんてことが、できるわけがない」

たしかに、ワイドショーなどでも、そのことが取り沙汰されているようだった。

人間の身体から血を抜き取るには、それなりの処置が必要となるが、今回、そういった手間をかけた痕跡が、いっさい見当たらないのだ。

それで、ついた名前が「吸血鬼殺人」である。

だが、それも、指輪の魔性が吸い取ったのであれば、頷ける。

アシュレイが、「もっとも」と続けた。

「たとえ、取り憑かれていたせいだとはいえ、現実に事務所の人間を殺したのは、スーザンだ。その事実は変わらない。――そして、指輪が血を必要としている限り、殺人は止まらないだろう。その女の場合、ふたたび殺人を犯して他人の血を捧げるか、罪悪感の末に自分を殺して、その血を捧げるか、だな」

「……そんな」

衝撃を受けているユウリに顔を近づけ、間近に覗き込みながら「言っておくが」と忠告する。

「つまらない感傷に浸っている場合ではないからな、ユウリ。お前も、よくよく用心することだ。――それと、念のため、スーザンのところには、ベルジュの弟でも連れていけ」

「――アンリを？」

「ああ。なんといっても、相手は、自分より上背のある男を一人、すでに殺しているわけだから、お前一人では、太刀打ちできない可能性がある。もちろん、俺が同行できればいいんだが、残念ながら、それは無理だろう。――そういうわけで、ベルジュの弟なら、殺されても死にそうにないし、万が一、お前をかばって殺されたとしても、番犬としての役割を果たせて本望だろう」

「冗談！」

ユウリは、本気で反論するつもりだったが、アシュレイは「ああ」と珍しく大真面目に応じる。

「こっちも、冗談で言っているわけじゃない。それくらい、用心しろと警告している」

思わぬ真剣さに、とっさにゴクリと唾を飲み込んだユウリは、神妙な様子で「もちろん」と頷く。

「用心はします。――でも、そんな危ない場所に、アンリを連れていくわけにはいきません」

「なぜ？」

底光りする青灰色の瞳を細め、アシュレイが揶揄するように付け足した。

「あいつは、それほどぼんくらか？」

「別に、そういうわけでは――」

ユウリの動揺に付け込むように、「だとしたら」と畳みかける。

「連れていっても問題はなかろう。わかっていると思うが、もし、お前があいつを連れていかずにケガでもしようものなら、あいつには、俺の前で、二度と『忠犬』面はさせないからな。あいつを、口うるさいだけの役立たずにしたくなければ、今がチャンスだ。つべこべ言わずに連れていけ」

「――――」

なんとしても拒否したいユウリであったが、アシュレイがこうまで言うからには、きっと一人で行くのは無謀なのだろう。

だからといって、やはりアンリを危険にさらす気にはならなかったが、連れていかなければ、このことで、アシュレイから『役立たず』扱いされるのは免れない。それは、アンリだって絶対に嫌なはずで、どうしたものかと悩むうちにも、気づけば、ユウリだけが解放されていた。

もちろん、一時的に過ぎないのはわかっているが、とにもかくにも、こうしてユウリは、危険な異次元ワールドからフォーダム邸へと戻ってきたのだ。

そして、意図せず、そこにシモンの姿を見出し、一連の事情を説明した結果、当然のことながら、シモンがユウリとともに、スーザンに会いに行くこととなる。

「え、でも、シモン、本当に一緒に来るつもり?」

「当たり前じゃないか」

シモンが手をヒラヒラと振ってバカバカしそうに応じる。

「その確認が、すでに屈辱だよ、ユウリ」

「ごめん」

いちおう謝るが、ユウリとしては不本意でならない。

そんな二人を見て、アンリも一緒に行くと言い張ったが、万が一、自分に何かあった場合、跡を継ぐのはアンリしかいないと考えているシモンが、頑として拒否した。

「お前を連れていくくらいなら、オスカーを呼ぶさ」

「なんで」

両手をあげて抗議を示したアンリが、黒褐色の瞳を細めて剣呑に問う。

「――弟よりも元下級生？」

「そうじゃない。僕の勝手であるのはわかっているけど、お前には、常に、僕の対岸にいてほしいだけだ。それに、心配せずとも、僕なら大丈夫だよ。アシュレイ並みとは言えないけど、いつでも彼に対抗できるよう、最近は、武道や身体づくりにも力を入れているからら」

そう豪語したシモンを、ユウリがなんとも悩ましげに見る。

気持ちはわからなくもないが、アシュレイに対抗しようなど、絶対に考えてほしくないというのが、ユウリの正直な想いである。

シモンとアシュレイは、根本的に違う。

考え方も違えば、生き方も違うし、おそらく背負っている運命も違うはずだ。

それなのに、あまりアシュレイを意識しすぎると、本来、シモンが進むべき道が見えなくなりそうで怖いのだ。

だが、言ったところで、シモンが聞き入れてくれるとは思えなかったし、何より、今は、目の前の問題を片づける必要があるため、ユウリは、急いでシャワーを浴び、軽くご飯を食べてから、約束の時間に間に合うよう、シモンと一緒に出かけた。

3

「ユウリ！」

　待ち合わせ場所でユウリの姿を見たエリザベスが、彼女にしては珍しく、感情を露(あらわ)にして抱きついてくる。

「よかった、ユウリ」

「ごめん。心配させて」

「それはいいんだけど、やっぱり、次に、私の目の前でアシュレイから呼び出しを受けたら、私、迷わず、シモンかアンリか、せめてオスカーには連絡するから。——もう、止めても無駄よ。決めたの。二度と、昨日の夜みたいな想いはしたくないもの」

「——うん。わかった」

　さすがに、ユウリも駄目とは言えず、頷くしかない。

　二人のやり取りを微笑(ほほえ)ましそうに見ていたシモンが、頃合いを見計らって言う。

「さて、そろそろ本題に入ると、だね、このあとリズも一緒に行ってもらうつもりだったけど、危険かもしれないから、君は残って、住所だけ教えてくれないか？」

「あら、なに言っているの。一緒に行くわよ」

あっさり断ったエリザベスに、「でも、リズ」とユウリが横から忠告する。

「あのアシュレイが、危険と判断したくらいだから……」

「だったら、なおさら、一緒に行くわ。――こっちから話を持ちかけたのに、危険だからって二人に押しつけて、自分は高みの見物なんてできないもの」

「だけど――」

「いいから、ユウリ」

片手を前に突きだすようにして止めたエリザベスが、続ける。

「仕事で来られなかったサリーにも、スーザンの様子を見てきてほしいと頼まれているし、女性にしかわからないフォローが必要になるかもしれないでしょう?」

「超」がつく美人なのに男勝りなエリザベスに強引に押し切られ、シモンと目を見かわしたユウリがしかたなく了承する。

もちろん、エリザベスはユウリの霊能力に気づいたうえで、これまでずっと知らない顔を通してくれたくらいなので、今さら、彼女が一緒だと力が発揮できないということはない。

ただ、単純に、危険だから連れていきたくなかっただけである。

シモンの運転する四輪駆動車で向かったスーザンの住まいは、ロンドン東部に位置する少々治安の悪いエリアにあった。目の前の通りに中古車が並ぶ三階建てのフラットで、階段をあがりながら、エリザベスが先に情報を与える。

「たぶん、二人にしてみれば、びっくりするくらい狭い部屋よ。覚悟してね。……ベルジュの感覚からすると、おそらくクローゼットと同じくらいでしょうね」

ユウリがチラッと隣を歩くシモンを見あげると、貴公子然と歩きながら白皙の面になんの表情も浮かべなかった彼は、ただ小さく肩をすくめてみせただけだった。

広大な城に住んでいる自分が、「そんなことはないよ」と否定したところで、あまりに見え透いていてバカバカしいと思ったのだろう。そういうところは、昔から割り切っていて動じない。桁違いの金持ちであるのは、別にシモンが悪いわけではないので、当然と言えば当然だ。

エリザベスのほうも、別に嫌味を言ったわけではなく、わかりやすく説明しただけだったようで、そのまま何事もなかったように「それで、ユウリは」と会話を続けた。エリザベスには、いちおう、一通りの経緯は話してあった。

「スーザンから指輪を取り上げたら、本当に、アシュレイのところに戻るつもり？」

「そうだよ」

懸念を示したエリザベスが、エメラルドのような緑色の瞳で訴えかけるようにシモンを見る。

すると、今度は、声に出してシモンが答えた。

「もちろん、僕もついていくよ」

「なら、いいけど」

そうこうするうちに部屋の前まで来たので、「ここよ」と教えたエリザベスが、呼び鈴を押そうと手を伸ばした。

だが、その前に、何かに気づいたらしいシモンが止めるように手を差し出し、扉のほうへ注意をうながす。

よくよく見ると、扉がわずかに開いている。

女性の一人暮らしにしては、あまりに不用心と言えよう。

そこで、ユウリとエリザベスを後ろに下がらせ、扉の脇に身を寄せたシモンが、隙間から慎重に中の様子を窺う。ブルーグレーのロングコートをまとったすらりとした立ち姿は、高雅なうえにしなやかで、映画に出てくる諜報員そのものだ。

開いた扉をそっと押し、シモンが中に向かって声をかける。

「スーザン？」

緊張した面持ちのユウリとエリザベスが顔を見合わせる前で、シモンがもう一度声をかける。

「いるのかい、スーザン」

それから、シモンが顎でうながしたので、エリザベスが前に出て同じように声をかけた。

「スーザン、私、エリザベスだけど、入ってもいい？」

だが、いくら呼んでも返事はなく、少し待ってから、シモンが大きく扉をあけた。

「ごめん、スーザン、入るよ？」

それから、先に入ろうとしたエリザベスを押し留め、シモン、ユウリの順番で部屋に踏み込んでいく。

エリザベスの言葉どおり、ワンルームに浴室とトイレがついただけの狭い部屋は、あけた瞬間に見渡せた。いわゆる「スタジオ」と呼ばれる物件だ。若い女性がロンドンで一人暮らしをする場合、これでも贅沢なほうだろう。たいていは、フラットと呼ばれるアパートを数人でシェアして住んでいる。

小さいながら整えられた部屋に、人のいる様子はなかった。——いや、家具調度の置き方はきちんとしているが、ここ最近、掃除らしい掃除をしていないらしく、全体的に荒んでいる。

もとは、きちんとしていたのが、急に整理整頓を放棄したような感じである。

そして、入った瞬間、ユウリは妙に血なまぐさいものを感じ取っていた。

淀んだ空気。

それと、飢え渇くものが放つ貪欲さのような負のエネルギーだ。

先に部屋の中央まで歩いていったシモンの背後でユウリは立ち止まり、玄関脇にあるドアに目をやる。そこが、浴室兼洗面所であるのは間違いなく、しかも、ドアの向こうからなんとも言えない異様な空気が流れてくる。

よくない気配だ。

（なに――？）

ユウリが、ドアノブに手をかけて、そっとあける。

そこに広がった光景は――。

浴室は、真っ赤に染まっていた。

実際は、血に染まっていたのはほんの一部で、天井や壁は汚れていなかったが、最初に目に飛び込んできたものが、ユウリの意識を占領したため、すべてが真っ赤に染まって見えたのだ。

浴室の中には、赤い湯につかり、血だらけの手を垂らして眠り込んでいる女性の姿があった。

床には、手首を傷つけるのに使ったと思われる剃刀（かみそり）が落ちている。

一瞬、立ちすくんだユウリが、すぐに飛び込んで、女性の脈を取る。

（生きている――⁉）

かすかな脈動を捉（とら）えたユウリが、「シモン！」と大声をあげ、「救急車を呼んで！」と叫んだ。

その時、待ちきれずに部屋に踏み込んできたエリザベスが、ユウリの背後から同じものを発見し、驚きの声をあげた。

「嘘。スーザン！　スーザン、やだ、しっかりして！」

言いながら駆け込んできた彼女は、手近なタオルを取ると、傷ついた手首に当て、少しでも血の流れを止めようと、その手を上に持ち上げた。その間、冷たくなった彼女を湯船から出そうとしていたユウリに、背後からシモンが命令する。

「ユウリ、彼女は僕が運ぶから、君は救急に電話して。――リズは、そのまま腕を持ち上げていてくれ。――できたら、何かで二の腕を縛って」

コートを脱ぎ捨てながらてきぱきと指示を出したシモンは、ユウリと場所を交代して冷たくなった湯に手を突っ込む。

ザバッという音とともに、シモンがスーザンを抱き上げて湯船から出した。

素直に入れ替わったユウリは、バスタオルを広げて包み込もうとする二人の邪魔にならないよう、廊下に出て救急に電話する。

電話しながら、横目で浴室内の様子を見ていたユウリは、その時、ふとあることに気づいた。

（――指輪をしていない？）

ユウリは初対面であったが、エリザベスが「スーザン」と呼んでいたので、彼女がスーザンであるのは間違いないはずだ。だが、指輪にまつわる霊に取り憑かれているはずのスーザンの右手にも左手にも、指輪らしきものは一つもはまっていなかった。

もしかして、とユウリは思う。

（浴槽の中に落ちた――？）

通報を終えたユウリは、電話を切りながら、そのことをぼんやりと考えていた。

無くなった指輪は、どこに消えたのか――。

と、その時。

ユウリの背後で、コトッと小さな音がする。

部屋の中に他に人はいないはずであったが、振り返ると、そこに、どこかで見た覚えのある青年が立っていて、両手で握りしめた包丁をユウリに向け、まさに突進しようとしてくるところだった。備えつけのクローゼットの扉があいていることから、今まで、その狭い空間に隠れていたらしい。

握りしめた左手に、真っ赤に染まった指輪が毒々しく光り輝いている。

（――あった）

ユウリが思ううちにも、男との距離はぐんぐん縮まる。

すべてがコマ送りのようにゆっくりと見える中、指輪に吸い寄せられるようにとっさに手を伸ばし、襲撃者の手を両手で包み込んだユウリは、それをなんとか上にあげながら相手の体重を受けて背後に倒れ込む。

切っ先が頬をかすめ、間一髪で空を切る。

次の瞬間、キッチンまわりのテーブルや棚をなぎ倒す音が部屋の中に響きわたり、浴室からシモンが飛び出してきた。

「——ユウリ⁉」

それから、ユウリの上で包丁を振りかざしている相手を認め、反射的に飛びつきながら驚きの声をあげる。

「——マーカス・フィッシャー⁉」

忘れもしない、以前、マンチェスター近郊にある「ウェーズリーハウス」の地下室で、シモンをライフルで撃ってケガをさせた青年だ。

だが、なぜ彼が、こんな場所に現れたのか。

頭の中は疑問符の嵐(あらし)であったが、身体はユウリを救出するために全力で動いている。

床の上でユウリと揉(も)み合(あ)うマーカスの背後に回り、後ろから首をホールドした。包丁を左手に持ち替えたマーカスが、右手でシモンの腕を外そうとするが、叶わない。

シモンが叫ぶ。

「ユウリ、逃げるんだ！」

告げながら、なんとかマーカスをユウリから引きはがそうとしてくれているのはわかったが、そのままでは、やみくもに振りまわされる包丁でシモンが傷つけられる恐れがあるため、ユウリは包丁を持つほうの手首を押さえつけたまま、相手の目を覗き込んで叫んだ。

「マーカス、貴方も、彼女を見たでしょう⁉」

説得を試みるユウリに、シモンが焦れたように叫ぶ。

「いいから、ユウリ、逃げるんだ」

それでも、ユウリはマーカスから手を離さずに言った。

「マーカス、その指輪を身につけている限り、貴方もいずれ、ああなる」

「うるさい！」

マーカスが、疎ましそうに言い返した。

「指輪に触るな！　これは俺のものだ！　誰にも渡すものか！」

見れば、その表情は異様にギラギラしていて、最初に見たマーカスとは違う人物のようになっている。

色黒で、やせ細った顔――。

マーカスが興奮したように暴れまくり、シモンが、そのたびに首を絞める腕に力を込めた。

その目の前で、包丁の刃先が、右に左に揺れ動く。

へたなことをすると、その刃がユウリを傷つけそうで、シモンは、その状態をキープする以外にない。

そうこうするうちに、ユウリの目には、マーカスに重なるように、オレンジ色の腰布を巻いた上半身裸の男の姿が見えてきた。

サリーの描写と同じだ。

つまり、これこそが、指輪に憑いている霊なのだろう。しかも、輪郭がはっきりしてくるにつれ、放射される霊気がどんどん強くなっていく。

（もしかして、もともとふつうの人間ではない……？）

ユウリは、相手の霊気の強さに触れ、焦った。

ただの怨霊にしては、とてつもない悪意を感じる。きっと、ただ取り憑くだけではなく、相手を支配する術を知っている霊なのだろう。

マーカスなのか霊なのかわからない何かが、吠えるように告げる。

「いいか。お前も血祭りにあげてやる。俺には、もっともっと、血が必要だからな！」

ユウリの上に包丁を振り下ろそうとするマーカスを、舌打ちしたシモンがさらに強く締め上げた。

殺さないつもりであっても、つい力が入り過ぎる。

このままでは、マーカスを殺してしまう恐れがあったが、シモンは力を緩めようとはしなかった。

なにかが、そうさせているのかもしれない。

と、ふいに、ゲボッと変な音がして、白目を剝いて舌を出したマーカスがブルブルと震え出す。

次の瞬間、その手から包丁が滑り落ちた。

ハッとしたシモンの前で、それは、意思を持っているかのようにまっすぐユウリの顔の上に落ちていったが、間一髪のところでシモンが柄を摑み取り、ことなきを得る。

神業的な反射神経と動体視力だ。

あるいは、一種の執念か。

代わりに、シモンが放したマーカスの身体がユウリの上にドサリと乗っかったが、それくらいはしかたない。

ホッと息をついたシモンが、心配そうに尋ねる。

「ケガはないかい、ユウリ？」

「平気だよ」

大きく息をしたユウリが、仰向けのまま訊き返す。

「シモンこそ、ケガはない？」

「ないよ」

お互いの無事を確認し終えたところで、失神状態のマーカスの身体の下からなんとか這い出そうとするユウリに手を貸してやりながら、シモンが「でも、ユウリ」とそれとなく諫めた。

「僕が逃げろと言ったら、次は、絶対に逃げるんだ。――いいね?」

「わかった」

いちおう受け入れたユウリだが、すぐに条件を付け足す。

「シモンに危害が及ばない限りは、そうする」

「ユウリ」

警告するように名前を呼んだシモンからマーカスに視線を移し、ユウリは、その左手を掴んで、毒々しいほど赤みを帯びて輝く指輪を抜き取った。

その一瞬。

手の中で、バチバチッと火花が飛び散り、ユウリが小さくうめく。どうやら、指輪に憑いている霊は、どうあっても、ユウリを指輪の持ち主にしたくないらしい。

気づいたシモンが、包丁をシンクの中に置きながら訊いた。

「もしかして、その指輪が――」

「そう。スーザンが拾った問題の指輪のはずだよ」

ユウリが答えた時、意識を取り戻したらしいマーカスが、床の上で「う……ん」と唸った。

それから、ゆっくりと目をあけ、ぼんやりとした眼差(まなざ)しであたりを見まわす。

「……なんだ」

とっさに状況が飲み込めなかったようで、しばらくあちこち眺めまわしたあげく、自分を見おろしているシモンとユウリに目をやって、尋ねた。

「何が、どうなっている?」

どうやら、指輪をはめてからの記憶が、朧(おぼろ)であるらしい。元来、欲望が強く、指輪との同調率が高かったのだろう。

シモンが、澄んだ水色の瞳を冷たく光らせて、言い返す。

「それは、こっちが訊きたいよ。──いったい、君は、ここで何をしていたんだ?」

「何って、俺は……」

言いかけた時、マーカスの目が、ユウリが手にしている指輪を捉えた。

とたん、ガバッと、ばね仕掛けの人形のように起き上がり、指輪に摑みかかる。

「それは、俺のものだ!」

だが、取られる前に指輪を上にあげたユウリが、シモンに押さえ込まれたマーカスを見おろして、「違いますよね?」と言い返した。

「これは、貴方のではなく、スーザンのものだ」

「――スーザン？」

　一瞬、その名前に心当たりがないように繰り返したマーカスが、ハッとしたように浴室のほうを見て、「違う」と別のことを弁明する。

「あれは、俺じゃないぞ。俺が来た時には、もうあの状態だったんだ！」

「それはわかっているよ」

　スーザンは自殺未遂と判断しているシモンが淡々と答え、「わからないのは」と続けた。

「君が、スーザンからこの指輪を奪おうと思ったことだ。――君は、そのためにここに来たんだろう？」

「たしかにそうだが、わからないとはお笑い草だ」

　マーカスが、敵意を剥き出しにして応じる。

「言っておくが、今さらとぼけようったって無駄だよ。お前らだって、同じだろう。アシュレイの使いで『大王の指輪』を奪いにきたくせに」

「――アシュレイ？」

　シモンが、澄んだ水色の瞳を細め、疑わしげにマーカスを見おろした。

「君は、この件に、アシュレイが絡んでいると思っているのか？」

「は？」

つまらないことを聞いたかのようにマーカスが声をあげ、「当たり前じゃないか」と言い返す。

「あいつが絡んでいるからこそ、お前たちはここにいるんだろうが。――特に、お前が」

言葉と同時にユウリを指さして、続ける。

「アシュレイの手先であるのは、わかっている」

だが、指さされたユウリは、首を傾げて考え込む。マーカスの言い分には、納得できないものがあったからだ。

「手先」とか「使い」という言い回しはともかく、時系列的に見て、ユウリたちがこの件に関わったのは、アシュレイから呼び出しを受ける前であり、かつ、アシュレイは、彼にしては珍しく、ユウリがこの件を言い出すまで、指輪のことはいっさい知らなかったはずだ。

もちろん、ポーカーフェイスの得意なアシュレイであれば、最初から騙されていた可能性も否定はできないが、今回ばかりは、本当に知らなかったと考えてもいい気がした。

ただし、シモンは、ユウリほど甘くはない。

これまでさんざん痛い目を見てきているシモンとしては、すんなりアシュレイに与する気にはなれなかった。

「そうか、アシュレイがねえ」

呟いたシモンが、マーカスに確認する。

「『大王』ということは、君は、これが、歴史上有名なアレクサンドロス大王の指輪だと考えているわけだ？」

「そうだよ。アレクサンドロスが、世界征服を成し遂げるために願掛けした指輪だ」

「……ふうん」

　複雑そうに受けたシモンが、「でも」と言い返す。

「だとしたら、いくらこの指輪に願掛けをしたところで、その人間の願いは叶わないということにならないか？　――なんといっても、アレクサンドロス大王は、志半ばにして、病に倒れたわけだから」

　だが、マーカスは譲らない。

「それは、アレクサンドロスが、血の生贄（いけにえ）を怠ったせいだと考えられる。つまり、血の生贄を絶やさなければ、世界征服はできたんだ」

「それはまた、なんとも血なまぐさい話だな」

　話しているうちにも、表に救急車のサイレン音が近づいてくる。ずいぶん遅い到着のようにも思えたが、実際は、スーザンを浴室で発見してから、まだ十分くらいしか経っていなかった。

　その音を聞きながら、両手を開いたシモンが「なんにせよ」と冷酷な弁護士のように一方的な取引を持ちかける。

「君も、アレクサンドロス同様、志半ばで諦めるしかない。もし、君がここで手を引くなら、今回の件は、警察に届けないでおくよ。――君、また警察沙汰になったら、除籍もありうるだろう?」

「汚いぞ!」

「君ほどではないよ。――一度ならず二度までも、人にケガを負わせようとしたのだからね。本来なら、刑事告訴もやむを得ない」

一介の学生にとっては極めつきの脅しに屈し、マーカスが「くそ!!」と毒づいてしぶしぶ了承する。

「わかった。手を引いてやる」

「けっこう」

それでも、まだ恨めしげに指輪を見つめていたマーカスが、最後に尋ねた。

「いちおう訊くが、お前たちは、その指輪をどうするつもりだ?」

それに対し、チラッとユウリと視線を合わせたシモンが、「不本意だけど」と教える。

「君の考えていたとおり、アシュレイのところに持っていく。――ただし、おそらく、これは『大王の指輪』などではなく、ただただ、人に不幸をもたらすだけの指輪だから、持ち主にならなくて正解だと思うよ」

それから、到着した救急隊員を迎えるために踵を返したシモンは、自分の言ったことに懐疑を示すように、「まあ」と呟いた。

「あくまでも、『おそらく』だけど——」

シモンの中では、今回の騒動に対するアシュレイへの不信感は、いつもと同様、根強く残っている。そして、もし、本当に、すべてがアシュレイの仕組んだことであるなら、今度こそ、この不毛な関係性を断ち切ってもいいのではないかと考えていた。

「そう。イギリス支社法務部の人間に頼めば、手を打ってくれる」

暮れなずむ十二月の街角を、スマートフォンで会話するシモンが白いコートの裾を翻して歩いていく。

4

歩いているだけで、これほど優雅に見える人間は、めったにいるものではない。

「そうだよ。そういうこと。——それは、モーリスがなんとかするはずだ。——ああ、彼が無表情なのはいつものことだから、気にしなくていい。……まあ、当然、怒ってはいるだろうけど、それは、僕に対してだから。お前のことは気に入っているよ。——うん。じゃあ、これからしばらく音信不通になるけど、よろしく、アンリ」

電話を切ったシモンが、スマートフォンをしまいながら、ユウリに伝える。

「スーザンは、発見が早かったのと止血してくれていたリズの応急処置が功を奏したらしく、命に別状はないそうだ」

「よかった」

ホッとしたように言ったものの、どこか浮かない表情で、ユウリはあたりに視線を投げかけた。

二人は、現在、スーザンが拾った指輪を持って、「ミスター・シン」の店に向かっているところだ。

あのあと、救急車に乗せられ病院に運ばれるスーザンに、エリザベスが付き添うことになったが、一人では心細いだろうということで、ユウリは、シモンにも付き添うように頼んだ。

ところが、それに対し、シモンだけでなく、エリザベスまでもが、アシュレイのところにユウリ一人を行かせたくないと言って、突っぱねたのだ。その後も、病院の付き添いなんて一人で十分と言って、譲らない。

結局、救急車に同乗したエリザベスを見送り、ユウリとシモンは、乗ってきた四輪駆動車でフォーダム邸に戻り、血だらけになった服を着替えてから、アシュレイの待つ「ミスター・シン」の店へ地下鉄で向かうことになった。交通量の多い繁華街は、車より地下鉄のほうが早いからだ。

その際、シモンは、フォーダム邸で待っていたアンリを病院にやり、エリザベスを補佐するように頼んだ。そして、病院や警察への対応で何か困ることがあったら、なんでも電話で相談するように伝えておいたのだ。

今の電話は、病院に着いたアンリから、報告を兼ねての問い合わせだった。

シモンが、ユウリを見おろして言う。

「心配しなくても、向こうは、アンリがいてくれるから大丈夫だよ」

「そうだね。それについては、僕も安心している」

ユウリが答えると、「それなら」とシモンが、澄んだ水色の瞳を軽く細め、気遣うように尋ねた。

「どうして、そんな浮かない顔をしているんだい？」

「――それは」

ユウリは言い淀み、その場で足を止めてあたりを見まわす。

（やっぱり、見つからない……）

ユウリは、なかば途方に暮れて考え込んだ。

実は、先ほどから、「ミスター・シン」の店が見つからず、困っているのだ。

（なんでだろう？）

歓迎されていなかった一度目ならともかく、帰りを待たれているはずの今回も、こうして扉が見つからないとは、いったいどういうことなのか。

（……もしかして）

ユウリが、チラッとシモンを見あげて思う。

（シモンが一緒にいるから――？）

考えてみれば、ユウリは一度結界を通り抜けているが、シモンはまだで、しかも、生体エネルギーの強いシモンは、常日頃、異界の住人たちから敬遠されがちである。

答えかけて動かなくなったユウリを、シモンが不思議そうに眺める。

「──ユウリ？」

「え？」

「え、じゃなく。なぜ、そんな浮かない顔をしているのかと訊いたんだけど？」

優雅に苦笑したシモンを見返し、ユウリが「ああ、そうか」と言って漆黒の髪を梳き上げた。

ややあって、ユウリが申し訳なさそうに言う。

「……あのさ、シモン。今さらだけど、やっぱり僕一人で行くよ」

とたん、完璧に整った顔をしかめて、シモンが不満げに言い返した。

「たしかに、今さらだね。──そもそも、今さらだろうが、前もってであろうが、一人で行かせるつもりはない。それは、わかっているだろう」

「うん。わかっている」

頷いたユウリが、「ただ」と続ける。

「どうやら、シモンが一緒だと、ミスター・シンの店が見つからないみたいなんだ」

「見つからない？」

意外そうに繰り返しながら、その場であたりを見まわしたシモンが、「なるほど」と呟いて、続ける。

「それで、さっきから様子がおかしかったんだね？」

「……うん」

「で、君は、僕が一緒だと辿り着けないと考えたわけだ？」

「そう」

聡明（そうめい）なシモンに確認され、ユウリは、あまり自信がなさそうに応じる。

「だって、他に理由が思い当たらないし」

「理由がねえ……」

シモンが、少し考えてから言う。

「でも、話を聞く限り、君の場合、扉を見つけたのは、相手が認めたからというわけではなく、自分で捜し当てたんだよね？」

「そう……かな？」

ユウリは事実を吟味し、すぐに「そうかも」と認める。

「だとしたら、別に僕が一緒であろうがなかろうが、君は、扉を見つけられるはずだ。それなのに、見つからないということは、君が、無意識に、僕を連れていきたくないと考えているからに他ならない」

「無意識に……？」

ユウリは、その言葉の示す事実を考えてみる。

言われてみれば、最初にこの扉を見つけた時、ユウリは、絶対にあけてはいけないと感じた。結界の向こうは禁忌の領域であり、一度足を踏み入れたら最後、二度と出てこられないように思えたからだ。

そして、実際、アシュレイは、その可能性に言及した。

そんな場所に、なぜ、シモンまで連れていく必要があるのか――。

顔をあげたユウリが、「たしかに」と認める。

「僕は、シモンを連れていきたくないのかもしれない。――というより、シモンを連れていく意味がわからない」

とたん、シモンが、まずいものでも口にした時のように眉間にしわを寄せて、「それは」と言う。

「聞きようによっては、アシュレイと密会するのに、僕の存在が邪魔だということになるけど、まあ、僕は、それほど自分の存在価値を低く見積もってはいないし、どちらかといえば楽観主義者でナルシストであるうえ、ユウリのことを心から信頼しているから、ユウリが、そんなふうに思うとは考えないとして、そうなると、結界の向こうは、相当やばい領域と化していて、僕を危険から遠ざけたい君としては、何がなんでも、連れていきたくはないということになるのだろう」

そのとおりなので、ユウリが何も言わずに頷いていると、ユウリの腕を取って引き寄せたシモンが、完璧に整った顔を近づけて、「ただ、ユウリ」と宣告する。

「君がなんと言おうと、今回ばかりは譲る気はない。君を縄で縛りつけてでも一緒に行くつもりだから、諦めてほしい」

「でも、シモン——」

「『でも』は聞かない。——『だけど』も、だ」

まさに「だけど」と言おうとしていたユウリが、機先を制され、口をつぐんだ。

「わかったら、ユウリ、いい加減、腹をくくって、もう一度、今度は本気で扉を捜してごらん。——きっと、見つかるよ」

ユウリが、シモンを見る。

クリスマス待降節(アドヴェント)を迎えた街中にあって、まさに、降臨した大天使のようなたたずまいのシモンに対し、これ以上、何を言っても無駄と判断したユウリが、頷いて、その場で目を閉じた。ゆっくり、ゆっくり、深呼吸し、意識が無になったところで、願う。

(——アシュレイのいるところへ)

それから、静かに目を開くと、そこに黒い扉があった。

以前見た時のような赤いイメージはすでになく、ユウリは隣に立っているシモンの腕を引いて、扉をあけた。

5

「遅い」

扉をあけたとたん、アシュレイの辛辣な声がユウリを迎える。

命の危険を冒してまでみんなのためにがんばったユウリに対し、労いの言葉もなければ、感謝の気持ちを表すこともない。それどころか、例によって例のごとく、店の奥の事務机に高々と足を投げ出して座るアシュレイは、手にした本から顔をあげる手間すら省いていた。

傲岸不遜も、ここまでくれば立派である。

何を調べているのか、アシュレイのまわりからは大量のファイルが消え、今度は古そうな本が山と積まれていて、わずかに空いたスペースには、鉱石と思われる石の塊が置いてある。原石であるのか、宝石のように光り輝いてはいないし、ところどころ赤くなっている様が、血を流したあとのようで少し不気味だ。

アシュレイの文句に対し、何一つ悪くないユウリが、条件反射で謝る。

「……えっと、すみません」

ユウリの経験からして、実際にはもっと時間が経っているはずだが、ここが妖精の国のように緩やかな時間の流れでいてくれて本当によかった、そうでなければ、文句の一言ではすまなかっただろうと考えていると、ユウリほどには我慢強くなく、寛大でもないシモンが、「――それが」とたいていの人間が抱くであろう気持ちを代弁する。

「貴方やスーザンのために苦労してくれた友人に対する態度ですかね。罰当たりもいいところだ」

するると、目だけをあげたアシュレイが、「……へえ」と若干驚いた様子で、シモンとユウリを交互に見る。

「さすがに、びっくりだ。――というか、一瞬、背筋が凍りついたよ」

もっと痛烈な嫌味を返してくるかと思いきや、意外な感想を述べたアシュレイに、シモンとユウリが顔を見合わせて首を傾げた。

ややあって、シモンが胡乱げに訊き返す。

「……背筋が凍りつく？」

「ああ」

「貴方が？」

「そうだ」

悪魔の大群が襲ってきても、嬉々として楽しんでいそうなアシュレイが、どうしたら背筋の凍るような状況に陥るというのか。

その理由を、アシュレイが教える。

「この状況は、まさに怪奇小説そのものだからな」

いったいどこがだ、と訊き返したい二人を前にして、伸びをしつつ席を立ち、こちらに向かって歩きながら、アシュレイが話し出す。

「俺は、お前がちんたら仕事をしている間、あり余る時間を少しでも有意義に過ごすために読書をしていたんだが、インドの民間伝承に、こんな怖い話があった」

「お前」というのは、もちろんユウリのことで、ケガまでしかけた彼の働きを、アシュレイは「ちんたら」の一言で片づけてしまった。

だが、つい話に聞き入っていた二人は、そのままやり過ごす。いい加減、慣れてしまったというのもあるのだろう。

アシュレイが、続ける。

「インドの山間部にある某村では、精霊の宿るとされる石を崇め、生贄を捧げていた。通りかかった旅人が、なぜ、生贄なんか捧げるのかと訊いたら、生贄を捧げないと、村人が精霊に食われてしまうからだと答えたそうだ」

話に聞き入りながら、ユウリの煙るような漆黒の瞳が、ふと事務机の上に置かれた鉱石の塊に流される。

（……そういえば、あの石って、前からあったっけ？）

そんなことを思うが、そのうちにもアシュレイの話は続く。

「ある日、勇敢な若者が、こんな気味の悪い石は捨ててしまえと言って、その石を遠くに捨てに行った。おかげで、村人たちは石の呪縛から解放され、とても喜んだんだが、しばらくすると、その石が元の場所に戻っていて、しかも、それ一つではなく、仲間の石を引き連れていたんだ」

二人の前で立ち止まり、底光りする青灰色の瞳を細めたアシュレイが、「と、まあ」と言って、片手をひらりと翻す。

「そんな話を読んでいたところへ、ようやく戻ってきたお前が、こうしてお仲間を引き連れていたんだ。——俺が、ゾッとするのもわかるだろう?」

大層な嫌味を披露して、シモンを剣呑に見やったアシュレイに、ユウリが「そんなこと言ったって」と大真面目に反論する。

「僕もシモンも、人を食べたりしませんから」

「どうだかね」

シモンから目を離さないまま、アシュレイがのたまう。

「俺の知っているお貴族サマは、なかなかどうして、人を食った性格をしているぞ」

アシュレイらしいオチがついたところで、ユウリに視線を移して訊いた。

「——で、怪奇伝はともかく、これだけのんびり仕事をしてきたからには、例の指輪は手に入れたんだろうな?」

「はい」

頷いたユウリが、ここに来るまでずっとポケットに突っ込んだままでいた左手を出して、握りしめていた指輪を見せようとしたが、その前に、ユウリを背後に押しやったシモンが、アシュレイに向かって問い質した。

「せっかく、人を食う話が出たので、僕も、ちょっと人を食った男の話をしようと思うのですが」

「なんだ?」

鬱陶しそうに見返したアシュレイに、澄んだ水色の瞳をまっすぐに向けたシモンが「貴方は」と切り出す。

「これが、『大王の指輪』だと知っていて、ユウリを使いにやったんですか?」

「……『大王の指輪』?」

繰り返したアシュレイが、「なぜ」と訝しげに続ける。

「ここで、その話が出てくるんだ?」

「ということは、やはり、貴方も、『大王の指輪』のことをご存じなんですね?」

「――まあ、ご存じと言えばご存じだが、ご存じではないと言えばご存じではない」

「それは、ずいぶんと曖昧な答えですね」

シモンの指摘に、アシュレイが、面倒くさそうに言い返した。

「そうとしか答えようがないからな」

「でも、貴方がユウリに、アンリを連れていくように助言したのは、初めから、あの場にマーカス・フィッシャーが現れると踏んでいたからでしょう？」

ほぼ断定するように切り込んだシモンを、アシュレイが眉をひそめて見つめる。

「マーカス・フィッシャー？」

一瞬、誰のことかわからないように繰り返したアシュレイが、「ああ」とすぐに相当する人物の顔を記憶の底から引っぱりだした。

「マンチェスターの道化者か。あいつが、現れたって？　――なるほど、それで、『大王の指輪』に繋がるわけだな」

多くを説明しなくても、アシュレイにはいくつかのキーワードさえ与えてやれば、あとは勝手に真実に辿り着く。

しかも、その速さは、尋常ではない。

アシュレイが、どんどん推理を述べていく。

「スーザンはエリザベス・グリーンとも知り合いだし、おそらく、こちらの情報を得るために、マーカスが、エリザベス・グリーンを標的にして、あれこれ探っているうちに、たまたまスーザンの話を聞いて誤解したんだろう。――まあ、それもわからなくないとはいえ、さすが、稀代(きたい)の道化者、着地点がひどい。戦場の最前線に、ピカチュウを探しにパラシュート降下をするようなもんだ」

　コケにしたアシュレイが、「せっかくだから、一つ、教えといてやろう」と、人さし指をあげて言う。

「さっき、俺は、説明するのが面倒くさくて、『そうとしか答えようがない』と言っておいたが、当然、そんなわけがなく、それなりの解答は与えられる。――で、お前が言っている『大王の指輪』というのは、名前からもわかるとおり、アレクサンドロス大王が所持していた指輪を指していると推測できる。それは、師のアリストテレスが、自分が東方遠征に同行できない代わりに送ったとされる秘密の書簡に作り方が書かれていたもので、その書簡では、ルビーで作るように――と指示されていた」

「ルビー?」

　シモンが意外そうに言って、「だとしたら」と結論づける。

「スーザンが拾ったのは、ガーネットの指輪なので、端(はな)からものが違ったわけですね」

「まあ、それは否定しないが、アレクサンドロス大王が生きていた頃は、赤い石は、たいてい『ルビー』と言われていたようだから、ルビーという指示が、必ずしも、現在のルビーであったとは言い切れない。――もっとも、それは、道化者のマーカスについても言えることであって、あいつが、ガーネットとルビーを見分けていたとは思えない」

「なるほど」

　認めたシモンが、「ただ」と情報を整理して続けた。

「今のお話を聞く限り、天文学的数字に近い確率にはなりますが、この指輪を、アレクサンドロス大王が所持していた可能性も否定できないことになる」

「――いや」

　アシュレイが、両手を開いて応じる。

「正直、『大王の指輪』は、虚構の上に成り立ちすぎていて、実在は疑わしいとしか言いようがない。――というのも、まず、アリストテレスがアレクサンドロス大王に送ったといわれる秘密の書簡自体が、聖書同様、彼らが生きた時代から随分経ってから書かれたものであるし、マーカスたちが求めている『大王の指輪』というアイテムの存在にいたっては、十八世紀から十九世紀にかけて盛んだった神秘思想家たちの間で持ちあがった話に過ぎない」

「へえ」

「その代わり、逆に一つ言えるのは、それらすべての条件を取っ払って考えた場合、そこには、新たにアレクサンドロス大王の指輪の存在が浮上してくる」

　シモンが珍しく理解しそびれたように眉をひそめ、ユウリにいたっては、アシュレイが何を言わんとしているのかさっぱりわからずに、ただ首をひねった。

シモンが、尋ねる。

「それは、どういうことです？」

アシュレイが「まあ」と言って、口元だけで笑う。

「少々歴史的ロマンに偏った話ではあるが、インドは、古来、ルビーやガーネットの産地として知られていて、インド北西部に侵攻したアレクサンドロス大王が、故郷へそれらの宝石類を送ったことは、十分考えられる。そして、遠征の途中で病に倒れて亡くなったアレクサンドロス大王の遺骸が、部下たちの手でメンフィスに運ばれた可能性を示唆する学説が存在することを思えば、エジプトの砂漠に埋まっていた指輪が、絶対にアレクサンドロス大王がもたらしたものでない、とは言い切れなくないからな」

「とはいえ、限りなく違うと言えますが」

「もちろん、そうだ。――だが、いまだに墓の見つかっていない大王には、その手のロマンはつきものだからな」

「たしかに」

いちおうは認めたが、どこか狐に化かされた気分でいるシモンを見返し、アシュレイが
「――で？」と、急に現実味のあることを尋ねた。

「怨敵マーカスと鉢合わせして、お前は、もちろん、前に撃たれた報復として、顔の一つでも殴り返してやったんだろうな？」

「それどころか」

　シモンが、憤慨して言う。

「死闘ですよ。それで、危うく、ユウリは死ぬところでした」

「そりゃ、ご愁傷さまで」

　さしたる感慨もなく応じたアシュレイが、それでもユウリを見おろし、頬にかすかに残る傷跡を見つけると、顎に手をかけて覗き込みながら続けた。

「死闘のわりに、そちらのお貴族サマの着衣に乱れは見えないようだが、もしかして、それほど強くなったのか、でなければ、高みの見物でもしていたか。――なんにせよ、ユウリに危害が及んだのは、俺のせいではなく、間違いなく、同行したお前のせいだな、ベルジュ。お前が無能だから、こうなる。――言っておくが、俺なら、こいつに危害が及ぶ前に、相手を制している」

　反論したくても、事実が事実なので反論できないでいるシモンの代わりに、ユウリが主張する。

「シモンの服が乱れていないのは、血だらけになったから着替えてきたんです」

「血だらけ？」

「スーザンの血です」

　答えたユウリが、顎から手を放したアシュレイを見あげて言う。

「アシュレイの指摘したとおり、スーザンは、罪悪感に苛まれ、結局、自分の血を捧げたんです。——幸い、発見が早かったのと、リズの応急処置のおかげで、一命は取り留めましたが」

「ふうん」

どうでもよさそうに相槌を打ったアシュレイが、「で」とユウリに催促する。

「夢物語もいいが、そろそろ、お前が手に入れたものを、ご主人様に渡してはくれないものかね？」

6

アシュレイに催促され、ユウリが握っていた左手を広げると、そこには、毒々しいまでに赤い色をしたガーネットの指輪があった。

血を固めたような色合いだ。

「へえ、これがね……」

言いながらアシュレイが指輪を取ろうとすると、阻止するように、とっさにユウリがその手を握りしめた。

当然、底光りする青灰色の瞳が、不満そうに向けられる。

「お前——」

だが、ユウリには別の意図があったらしく、慌てて「あ、いや」と弁明した。

「違います。アシュレイではなく」

ユウリが指輪を守ろうとしたのは、ユウリにしか見えていないものたちからだ。

というのも、ユウリが左手を広げた瞬間、それを見るために、ユウリを除く四つの顔が向けられた。

そのうちの二つは、もちろん、言わずと知れたシモンとアシュレイで、そこまでは誰でも認識できるものであったが、その他に、実は見えないところで、二つの顔が指輪に注目していたのだ。

一つは、両手と両足が逆向きについているもので、それは、シモンがユウリと一緒に入ってきた時から、その横に張りつき、品定めするようにじろじろ見ていた。もしや、シモンのことを取って食うつもりかとヒヤヒヤしたが、そんなことはなかった。

もう一つは、ユウリがポケットに手を突っ込んでいた間は姿が見えずにいたのだが、指輪を開示したとたん、現れた。例の、指輪に憑いている上半身裸の男で、彼が現れるやいなや、シモンに張りついていたものが瞬時に標的を替え、指輪を挟む形で火花を散らし合った。

そして、アシュレイが手を伸ばすのとほぼ同時に、二つの手も伸びてきたため、今の場面となったのだ。

言いかけたユウリの言葉だけで、今しがたの行動の意味を悟ったアシュレイが尋ねる。

「俺でないなら、どっちだ?」

「両方です」

「なるほど」

満足げに笑ったアシュレイは、「——決まりだな」と呟くと、ユウリに向かって顎をしゃくり、奥に来るように指示した。ユウリにしてみればなんてことない出来事であっても、アシュレイにとっては真実へと通じるヒントが隠されているらしい。

一方、一連の流れを脇で見ていたシモンは、アシュレイがユウリのことを下僕扱いした時も、今、ユウリとアシュレイの間でツーカーなやり取りがあった時も、一言異議を唱えたそうにしていたが、アシュレイが顎をしゃくって動き出したところで、初めて、奥のソファーに見知らぬ男が座っているのに気づいたため、そっちに意識を奪われた。

ユウリもアシュレイも何も言わないところを見ると、二人にとってはすでに了解済みの人物であるのだろう。

だが、シモンには、それが誰であるのかがわからない。

そもそも、店の中は異次元ワールドになっていて、ものすごく危険だと脅されていたわりに、見る限り、特に変わった様子もなく、アシュレイにいたっては、いつにも増して傍若無人で、とてもではないが、命の危機に瀕していると は思えなかった。

そんな中、唯一、この見知らぬ男の存在だけが異質だ。

（ということは、この男が、人を食べるのだろうか——？）

ただ、それにしては、死んだようにピクリとも動かない。

そこでシモンは、今のうちに疑問を解決しておくため、歩きながら尋ねた。

「その人は？」

「さあ」

アシュレイが、素っ気なく応じて続ける。

「見たとおり死んでいるので、俺にはなんとも言えない。興味もないし。――ただ、気が向くとしゃべるので、訊きたければ、その時、自分の推理をぶつけてみるといい」

「――死んでいる？」

その異様な事態に、当然、シモンは驚く。

たしかに、死んだように動かないが、まさか、死んでいるから動かないのだとは、ふつう、あまり思わない。

だいたい、死体のある部屋で、当たり前のようにしゃべっていること自体が、すでに常軌を逸している。

（なるほど）

どうやら、ユウリの言った通り、一見ふつうに見えているとはいえ、その実、ここは本当に「異次元ワールド」であるらしい。

しかも――。

「死んでいるのに、しゃべるんですか？」

「ああ」

「――つまり、ゾンビ？」

シモンが薄気味悪そうに見知らぬ男を見ながら訊き返すと、アシュレイが「お前が」と答えた。

「アメリカのテレビ番組などで人気を博しているゾンビを想定して言っているなら、答えはノーだ。こいつの場合、死体がみずから動き出すのではなく、死体を動かしているものが別にいる。そいつは、人と問答するのが好きで、油断していると、すぐに謎かけを吹っかけてきて、答えれば判断してくれる。ただし、答えを間違えてしまうと、命の保障はないので、そこは覚悟してかかれ。──まあ、俺だったら、無視するがね。大事な命を、そんなくだらないことに懸ける気はない」

「──でしょうね」

「それと、当たっているかどうかはともかく、死体の正体について、いちおう俺の見解を伝えておくと、おそらく、ただのコソ泥で、まんまと罠にはまってこの店に忍び込み、待ち受けていた怪異に耐え切れず、心臓発作でも起こしてお陀仏になったってとこだろう。さしずめ、姿なき声に問答を吹っかけられ、答えを間違えたか、でなければ、ただ驚いて死んだだけか。──なんにせよ、一人目の犠牲者だな」

一緒に話を聞いていたユウリが、見知らぬ男のほうを見て、「……気の毒に」と呟いた。ユウリも、この男の存在はわかっていたが、どういう経緯でここにいたのかは知らなかったので、右手だけで冥福を祈る。

それから、アシュレイを振り返って訊いた。

「それなら、アシュレイ、その死体を動かしているものというのは——」

言いながら、チラッと虚空に視線をやると、そこにいた両手両足が逆向きのものが、スーッと流れるように移動して、事務机の上にある鉱石の塊の中に吸い込まれていった。

アシュレイが、答える。

「ヴェータラだ」

「ヴェータラ？」

耳馴(みみな)れない語感である。

それもそのはずで、西欧起源のものではないらしく、「中国などでは」とアシュレイが続ける。

「『屍鬼(しき)』と言われたりもするが、もとはインドの精霊で、墓場をうろつき死体を操るので知られている。このことから、死体を蘇(よみがえ)らせる呪法(じゅほう)自体を『ヴェータラ』と呼んだりするくらいだ」

「死体をねえ」

そう言ったシモンとユウリが、同時に見知らぬ男に視線をやる。

アシュレイが、「『ヴェータラ』については」と続けた。

「『ヴェータラ＝パンチャヴィンシャティカー』というインドの説話集が有名だが、場合によっては、シヴァ神の眷属(けんぞく)とされることもあるようだ。ただ、おそらく、もとはインドの土着の神で、その信仰の一部が、赤く染めた石や、赤い石を祀るというような民間伝承に残されていると考えられる。デカン高原などでは、村の守護霊として崇められているようだが、場合によっては、血の生贄を捧げる必要があったはずだ」

「……赤い石？」

　呟いたユウリが、手の中の指輪を見つめ、さらに、事務机の上にある鉱石に目を移して問う。ちなみに、指輪に憑いている男の霊は、先ほどからずっと、恐ろしげな形相でユウリのまわりをうろうろしていたが、指輪を囲むようにうっすらと「グナ」の結界が張られているせいか、手を出せずにいる。

「赤い石といえば、それもいちおう赤いですけど、前からありましたっけ？」

「いや」

　アシュレイが鉱石の上に手を置いて、ポンポンと叩きながら応じる。だが、中にアシュレイが言うところの「ヴェーターラ」が吸い込まれていったことを思えば、それは、かなり危険な行為と言わざるをえない。

「これは、お前がいない間に、働き者の俺が、この店の倉庫から引っぱりだしてきたものだ」

「倉庫って……」

　この店の倉庫といえば、それこそ、いわくつきのあれやこれやがゴロゴロしている禁断のエリアである。

「つまり、もともと、店内にあったものなんですね？」

「そういうことだな」

頷いたアシュレイが、続ける。

「この店の取引を記録した貴重なファイルによれば、この石は、かなり昔に、ある商人の家から持ち込まれたものだった。その家は、ジョージ王朝時代からヴィクトリア女王時代にかけてインド貿易で財を成したようで、当時、その家の当主がインドの奥地に行った時に、現地人からもらったものであるらしい。だが、その先祖が亡くなったあと、遺言で石を祀ってきた子孫は、その祀り方に嫌気がさし、ついに手放すことに決めて売りに出した。が、何度売りに出しても、すぐに返品されてしまうため、恐れをなしてミスター・シンに泣きついてきたというわけだ。――あのじいさん、ものに憑いた霊を封印するという呪法に専念してきただけはあり、いわくつきのものを封じ込める力は、相当なものだからな。――その代わり、外に出てしまったものに関しては、ものの役にも立たないが」

「へえ」

興味深そうに相槌を打ったユウリが、指輪を載せた手をあげて「それなら」と確認する。

「こっちは、なんだと思いますか？」

「それについては」

アシュレイが、チラッと見知らぬ男のほうを見てから答えた。

「完全に俺の推測で、かつ、その正否によっては、俺たちの命運も尽きるわけだが——」

「え?」

驚いたユウリが、シモンと顔を見合わせてから訊いた。

「つまり、その人——」

言いかけて「違うな」と否定し、言い換える。

「その人を動かしているヴェーターラの望みが、この指輪にあるってことですか?」

「望みの一部だ」

訂正したアシュレイが、底光りする瞳を妖しく揺らめかせて続ける。

「だが、欠けてはいけない一部であるのは、間違いないだろう。というのも、この指輪にはめ込まれているガーネットは、この店にあったガーネットの原石の欠片でできていると考えられるからだ」

「……欠片」

ユウリが、改めて指輪を見おろす。

その間も、アシュレイはどんどん話を進めた。

「もちろん、詳しい経緯までは、さすがの俺でもわからないが、その指輪に憑いている霊

——まあ、十中八九、インドの修行僧だろうが、彼らは、説話集などで西洋の魔法使いのような存在として描かれやすい。エリファス・レヴィは、その書の中でインドの魔術に触れていて、カバラの伝統でカインの子孫が住んだ土地であるとされるインドは、怪しげな呪文と幻術の国だとしているくらい、いわゆる目くらまし的な幻術が盛んだったと考えられてきた。——ただ、幻術に限らず、超越的な力を手に入れるには、欲を捨て去る必要があり、本来は徹底した滅私の修行を積むものだが、中には楽をして強大な力を手に入れようと画策する横着者もいて、おそらく、この指輪に取り憑いている霊は、その手の輩(やから)と考えていい。そこで、生前、ヴェーターラの持つ力を我が物とするために、この鉱石の欠片を手に入れて指輪にしたんだろうということくらいは、想像がつく。——だが、正直、ヴェーターラを操るのは難しく、失敗すれば、その者の命はない。そして、案の定、そいつは失敗した。望みに対し、捧げたものが割に合わなかったんだろう。身の程を知れってことだ」

　アシュレイの言葉を理解しているのか、修行僧の霊が燃えるような憎しみを込めて、アシュレイのことを睨んだ。

　どうやら、図星らしい。

「その後、そいつの執念が指輪を手にした者を操り、欠片により多くの血を注ぎこませることで、鉱石本体を支配しようとした。まやかしを見せる幻術は、人を操って、そこに無いものを、あたかもあるかのように見せかけたりするわけだから、他人の心を操作するなどお手のものだろう。――だが、どこかの時点で、指輪を手にした人物がエジプトの砂漠で命を落とし、指輪は、次の人間の手に渡ることなくその地に眠ることとなった」

そこで、アシュレイが揶揄するようにニヤッと笑い、先ほどの「夢物語」に触れる。

「その亡くなった持ち主については、それこそ、アレクサンドロス大王であってもいいわけだし、ただの商人であっても、一兵卒であってもおかしくない。――あんがい、本当にアレクサンドロス大王だったりしてな」

だが、それについて、修行僧の霊に反応はなく、真実はわからなかった。

「なんにせよ、そいつから解放された本体のほうは、その後、長きにわたってインドの村や英国人の家で祀られて過ごすわけだが、さっきも言ったように、ある時を境に、『封印』という自由の利かない立場に追いやられてしまう。――そうして年月が過ぎ、人々の記憶から完全に忘れ去られた頃、一人の女が、砂漠で指輪を拾った」

「スーザンですね？」

シモンの確認に頷き、アシュレイは言う。

「そして、指輪に憑いていた霊に操られ、石の欠片に血を注いだことにより、眠っていた本体も封印より目覚めたというわけだ。そこで、欠片に支配されないよう、こちらも人を誘い込み、望みを叶えてもらうか、でなければ、死者の血を吸収することで、欠片に対抗することにした」

まるで見てきたかのように、アシュレイは一気に語った。

恐ろしいことに、彼は、この場にいながらにして、たった一日で、それだけの推理を構築したのだ。

感心するユウリの横で、シモンが「となると」と確認する。

「必然的にヴェーターラの望みというのは――」

「ああ。最低限、欠片を取り戻し、修行僧の支配から逃れることだったはずだが、俺が思うに、ユウリを見て、欲が出た」

「ユウリを見て？」

繰り返しながらチラッとユウリを見おろしたシモンが、問う。

「――というと？」

「おそらく、封印の憂き目にあったことで、石より解放されることを夢見ていたヴェーターラは、ユウリなら、それが可能だと踏んだんだ」

「石より解放って……」

ユウリが、首を傾げて訊き返す。

「ヴェーターラは、石の精霊ではないんですか？」

「違う」

人さし指を振って否定したアシュレイが、説明する。

「石は、奴らの住処に過ぎない。――もっと言ってしまえば、西洋世界で、水晶に妖精を封印して使い魔とするように、何者かが、ヴェータラを鉱石や石に閉じこめたのが、石の崇拝の始まりではないかと、俺は思う。――だから、できれば、彼らは石から自由になり、好きに飛び回りたいはずだ」

すると、眉間にしわを寄せたシモンが、「ですが」と懸念を表明する。

「血を好むような輩を解放したら、けっこうやっかいなことになりませんか?」

だが、アシュレイは両手を翻し、「誤解しているようだが」と言い返す。

「石に血を注ぐのは、別に、ヴェータラが要求しているわけではなく、願いを叶えてほしい人間が、呪法として行うに過ぎない。だから、人間から願掛けをされていないヴェータラは、みずから進んでは血を要求したりしない。彼らが人間を食べるのは、あくまでも交換条件で、望みに匹敵する生贄を差し出せば、人を食べたりはせず、きちんと望みを叶えてくれる」

「なるほど」

納得するシモンの横で、ユウリが「それなら」と慎重に問う。

なにせ、この答えには、ユウリとアシュレイだけでなく、今や大切なシモンの命までかかっているのだ。

「ヴェータ－ラの望みは、石からの解放ですか？」

「そうだ。ただ、解放されるには全体が必要であるため、欠片を失ったままでは、絶対に叶わない望みだった」

そこまで言ったアシュレイが、ソファーのほうを見て挑戦的に尋ねる。

「――違うか？」

すると、それまで完全に生気を失っていた死体が、ふいに身体を起こし、楽しそうに笑い出した。

「素晴らしい。短時間で、よくその解答に辿り着いたものだ」

だが、誉められてもニコリともしないアシュレイは、高飛車に言い返す。

「だから、最初に言ったはずだ。――俺とユウリが、ここを出ていくのは決まっている、と」

「――ああ、そうだったな」

小面憎そうに認めたヴェータ－ラが、何を思ったか、ふいにユウリに向かい、「もし」と告げた。

「本当に、私をここから解放してくれるのであれば、お前に、一つ、よいことを教えてやろう」

「……え？」

突然振られたことに対し、ユウリが戸惑いつつ「なんですか？」と訊き返す。すると、「どうやら、お前は」と、とんでもない事実が暴露される。

「最初からなんの疑問も持たずに、この男と運命を共にするつもりのようだったが、私の意志に反し、自力でこの領域（テリトリー）に入ってきたお前であれば、実は、いつでも好きな時に出ていくことができたんだ」

「――へえ、そうなんですか？」

「ああ。もっとも、お前ほどの力を持ちながら、そのことに気づかないというのも、不思議な話だが――」

すると、不満そうに聞いていたアシュレイが、「逆だよ」と居丈高（いたけだか）に言い返した。

「気づかないような人間だからこそ、こいつは、これほどの力を持ち得たんだ」

「――ほお」

ヴェーターラがアシュレイを見返しながら、「だったら」と続ける。

「もう一つ言っておくと、この男は、とっくにそのことに気づいていたが、あえて、お前には教えなかった。――見捨てられるのが怖かったか」

それに対し、ユウリとシモンが、ほぼ同時にアシュレイのことを眺（なが）める。

一人は、思案するように。

もう一人は、瞳に苛烈な憤りを浮かべてであったが、その瞬間、どちらも思っていたことは一緒だった。

見捨てられる云々はともかく、前半の事実については、「なんともはや、アシュレイらしい――」である。

「はっ」

当のアシュレイが、バカバカしそうに応じる。

「あんがい、つまらないことをよくしゃべる化け物だったな。しかも、ここに来て、妙に饒舌になったようだが、そんなに人間としゃべっていたければ、このまま石の中にいてもらってもいいんだぞ?」

その脅しが効いたのかどうか、ふいに見知らぬ男から活力が失せ、死体がただの死体に戻った。

それを見て、アシュレイが一言。

「恩知らずめ」

吐き捨てた。

だが、それを聞いたシモンが、澄んだ水色の瞳を氷のように冷たく光らせ、横から痛烈に批判する。

「『恩知らず』はどっちですかね、アシュレイ。今の話が本当なら、貴方は、命の恩人であるユウリの信頼を裏切ったことになるんですよ?」

「ああ、そうだな。――それが、なんだ？」

まったく悪びれないアシュレイに対し、シモンが首を振って、ユウリを見おろした。

「聞いただろう、ユウリ。この人のために何かすることほど、虚しいことはない」

「……まあ、そうかもしれないね」

認めたユウリが、「だけど」と小さく苦笑して続ける。

「先に教えてもらっていようがいまいが、僕がやるべきことは同じだから、別にどうでもいいと思うよ。――それに、たぶん、アシュレイにはアシュレイなりの考えがあるんだろうし」

ユウリが思うのは、アシュレイは、ユウリがシモンやアンリに遠慮せずに行動できるように、わざと重荷を背負わせたのではないかということだ。

言うなれば、一種の免罪符だったのだろう。

だが、その言い分は、当然、シモンには受け入れ難い。

「――ユウリ」

警告するように名前を呼ぶが、ユウリは「それより」と話題を変えた。

「今、大事なのは、今後、スーザンのような被害者を出さないためにも、ねじれてしまった運命を直すことだよ」

「――たしかに」

状況をわきまえたシモンが、我を抑えて一歩引く。

そこで、指輪を持つ手を握り込んだユウリが、大きく深呼吸し、まずは四大精霊を呼び出す言葉を口にした。

「火の精霊（サラマンドラ）、水の精霊（ウンディーネ）、風の精霊（シルフィード）、土の精霊（コボルト）。四元（しげん）の大いなる力をもって、我を守り、願いを聞き入れたまえ」

その声に応え、四方から現れた白い輝きが、ユウリの手を包み込むように回り出す。まるで、遊び戯れるがごとく、四つの光はユウリにまとわりつく。

そこまでは、いつもどおりであった。

が、次の瞬間——。

「つっ」

ユウリが顔をしかめて、小さくうめいた。

術を施している途中で、ユウリに異変が起きることはめったにないため、シモンとアシュレイが同時にユウリを見る。

「——ユウリ?」

「なんだ——?」

それに対し、蒼白になったユウリが苦しげに「……いえ」と答えた。

「なんでもありません」

　だが、どう見てもなんでもないわけがなく、その証拠に、握り込んだユウリの左手から、みるみるうちに血が溢れ出てきて、ポタポタと床に零れ落ちた。

　どうやら、それまで「グナ」によって抑え込まれていた修行僧の霊が、瀬戸際に立たされたことから、渾身の力を振り絞って対抗しようとしているらしい。

「ユウリ、手から血が！」

　驚いたシモンがユウリの左手を掴もうとしたが、ユウリ本人がそれを避けて懇願する。

「大丈夫だから、シモン。離れてて――」

　歯を食いしばり、血が流れ出る左手を突きだして請願を唱える。

「砕けた欠片は欠片ではなくなり、全体が砕けて一つになれ。閉じこめられた精霊に、かつての自由を与えよ」

　それから、請願の成就を神に祈る。

「アダ　ギボル　レオラム　アドナイ！」

　とたん、ユウリの手から放たれた閃光がまっすぐに飛んでいき、事務机の上の鉱石にぶつかって、弾けた。

　同時に、鉱石の塊が、一瞬にして砕け散る。

　バシュッと。

　空中で粉微塵になった鉱石が、粒子となってさらさらと床に流れ落ちる。

ユウリが左手を開くと、そこからも粒子が流れ落ち、最後に宝石の失われた指輪が、小さく音をたてて床に転がった。

そこへ、拠り所を失くした修行僧の怨念が、黒い瘴気となって漂い出す。

だが、ユウリが何かするまでもなく、それは、突如、床にあいた黒い穴へと引きずり込まれ、あっという間に消え失せてしまった。その際、ユウリの耳には、金属を引っ掻いたような断末魔の叫び声が聞こえてきたが、それもすぐに、尾を引くようにして消え去った。

すべて、一瞬の出来事である。

「――ユウリ」

シモンに呼ばれ、ホッと息をついたユウリが、答える。

「……終わった」

「そのようだね。――それで、手は？」

尋ねるうちにも、歯がゆそうにユウリの左手を掴んで上に向けさせたシモンであったが、信じられないことに、あんなに流れていた血の痕跡はどこにも見出せず、なんらかの傷が残っているようなこともなかった。

「消えている……？」

驚いて呟いたシモンに、ユウリの声が重なる。

「本当だ」

するると、それを見ていたアシュレイが、横から言った。

「たぶん、幻術だ」

「幻術――？」

「修行僧の霊にたぶらかされたんだよ。――つまり、まだまだ修行が足りないってことだ」

どこまでも手厳しいアシュレイのことを、シモンは今度こそ本気で殴ってやろうかと思ったが、その前に、アシュレイが「だが、まあ」と初めて誉め言葉らしい誉め言葉を口にしたため、機会を逸する。

「数ある貸しのうち、一つは返してもらったな」

「……それはまた、ずいぶんな高利貸ですね」

殴る代わりにシモンが嫌味を言ってやると、石から解放されたヴェーターラが、ふたたび死体に入り込んで話し出した。

「ユウリとやら、見事だった。礼を言うぞ」

「いえ、とんでもない」

「謙遜するな。そなたのおかげで、こうして自由を得ることができたのだからな。――そこで、代わりと言ってはなんだが、そなたの願いを、一つだけ叶えてやろうと思うが、何が望みだ、言ってみろ」

「え？」

驚いたユウリが、戸惑ったように繰り返す。

「望み……」

「そうだ。あまり大それたことでなければ、たいていのことは叶うと思っていい」

だが、そんなことを急に言われても、何も思いつかないユウリが、困ったように「望みねえ……」と考え込み、さらにあたりを見まわしてから、最後に目の前のヴェーターラに目を留めて、「――あ、そうだ」と表情を明るくした。

「ありました。ちょうどいい望みが」

「なんだ？」

「貴方です」

「――なに？」

思わぬ要求に対し、ヴェーターラが疑心に満ちた声をあげたため、ユウリは、慌てて先を続けた。

「正確には、貴方が操っている死体ですが、ミスター・シンが戻ってきた時、ここに死体が転がっていると何かと不都合がありそうなので、その中から出ていく前に、どこか別の場所まで移動してから離れてくれると助かります。――そう、できれば、病院の前とか教会とか、死体があってもあまり困らず、かつ、すぐに見つかって、なんなく弔ってもらえそうな場所で」

「はっ」

ものすごく意外なことを聞いたように死体の目を丸く見開いたヴェーターラが、すぐに「はっはっはっ」と大声で笑う。

「なるほど。これはまた、驚くほど欲がない。そなたなら、どこの王にでもなれそうだ」

そう言ったヴェーターラが、「実は」と打ち明け話をしてくれる。

「指輪に取り憑いていた修行僧の望みは、高慢にも、ヴィディヤーダラ、すなわち我らが半神族の王となることだったが、当然、叶うわけがない。――だが」

そこで、ユウリをまぶしそうに眺め、確信を持って告げる。

「お前なら、きっと叶うだろう。――どうだ、試してみないか？」

とんだ誘惑であったが、ユウリは煙るような漆黒の瞳を翳（かげ）らせてゆるゆると首を横に振り、「やっぱり」と応じる。

「死体の処理を頼むくらいが、僕の身の丈に合っています」

終章

金曜日。

週末にロンドン某所で開かれるレセプション・パーティーに出席しなければならなくなったシモンが、間を置かずにフォーダム邸を訪れた。気の進まないパーティーでも、場所がロンドンであれば、二つ返事で引き受けるのが、最近のシモンの傾向だ。

理由は、言わずもがなだろう。

異母弟のアンリを入れた三人での夕食を楽しんだシモンが、コーヒーを飲むために応接間に移動したところで、「そういえば」と切り出した。

「スーザンは、意識を取り戻したそうだね？」

「うん。リズの話では、週明けには退院できるそうだよ。――ただ」

そこで、気の毒そうな口調になって、ユウリが続ける。

「退院を待って、警察の事情聴取が本格化するらしいけど」

「ああ、聞いているよ。――彼女、全面的に罪を認めているって？」

「うん」

「ただ、遺体の状況が状況なだけに、警察も立件に苦労しそうだけど」

シモンの示した見解に、ユウリが頷いて応じる。

「リズやオスカーも、同じことを言っていた。うまくすれば、心神喪失を理由に無罪を主張することも可能かもしれないって」

「でも、それだと、被害者側は納得がいかないだろうな」

「たしかに」

複雑そうに認めたユウリが、「やっぱり」と尋ねた。

「メリンダの事務所は、スーザンを解雇するのかな？」

すると、チラッと離れた場所で新聞を読んでいる異母弟に視線を流したシモンが、澄んだ水色の瞳をユウリに戻すと、訝しげに訊き返した。

「なぜ、それを僕に訊くんだい？」

「――別に深い意味はないけど、メリンダとは、頻繁に連絡を取り合っているんじゃないかと思ったから」

ユウリの返答に、小さく溜め息をついたシモンが念を押す。

「ユウリ。あの時、きちんと説明したと思うけど、僕とメリンダは何もないから」

「そうだったね。ごめん。――本当に深い意味はなかったんだ」

「そう」

あまりに素直に謝られ、逆に変に意識している自分を愚かしく思ったシモンがどうしたもんかと悩んでいると、絶妙なタイミングでアンリが、「へえ」と声をあげた。

珍しくちょっと白々とした空気の中にいたシモンとユウリが、同時にアンリのほうを向いて尋ねる。

「なんだい、アンリ」

「何か、おもしろい記事でもあった?」

すると、新聞を持って立ちあがったアンリが、二人の前に開いた紙面を置いて言う。

「これ見て。――すごく興味深くない?」

二人が一緒に覗(のぞ)き込(こ)むと、そこには、小さいスペースを使って奇妙なことが書かれていた。

ユウリが声に出して読みあげる。

「『身の程をわきまえた死体』――?」

そんな見出しのついた記事では、昨日、ロンドン市内で見つかった死体について、少々おもしろおかしく紹介していた。

それによると、持病か、急激な気温の変化に身体(からだ)がついていかずに心臓発作を起こしたと思われる男性の遺体が、ロンドン南部にある葬儀屋で見つかったらしい。

その後の警察の調べで、男の正体は、そのあたりを根城とするコソ泥であることがわかったが、犯罪者だろうがなんだろうが、死に場所として、死後、人の手間を省くようにあえて棺桶のそばで亡くなっていたとは、なんと身の程をわきまえた死体だろうか——という、なんとも皮肉に満ちた内容になっていた。

読み終わったユウリが、顔をあげて言う。

「これって、もしかして？」

「ああ」

頷いたシモンが、席に戻りながら認める。

「間違いない。——彼だろうね」

彼——というのは、もちろん、「ミスター・シン」の店で死んでいたコソ泥のことで、ユウリの望みを受け入れてくれたヴェーターラが、死体を放棄する前に訪れたのが、どうやら葬儀屋であったらしい。

「たしかに、葬儀屋なら、死体の処分には困らないだろうけど……」

どこか複雑そうに呟いたユウリに、シモンが「まあ」と慰めるように応じた。

「短絡的ではあるけれど、記事を信じる限り、男は盗みの常習犯のようだから、教会での懺悔の手間が省けて、彼自身も助かったんじゃないか」

それから、もうその話には興味を失ったように、「それはそうと、ユウリ」と話題を変える。

「今年のクリスマスのことだけど――」

暖炉で火がはぜる師走中旬。

木枯らしの吹きつけるロンドンの街にも、聖夜の足音が近づきつつあった。

あとがき

寒くなって参りました。

昨今、衣替えの季節が形骸化していて、かくいう私も、ここに来て、片付けるタイミングを逃していた夏服の残りをようやくしまい込むことができ、クローゼットの中の景色も冬めいてきたのが嬉しい限りです。ただ、こういう時季は風邪などをひきやすいので、皆様も、体調には十分気をつけてお過ごしください。

な〜んて、なんだか末尾のご挨拶のような始まりとなりましたが、こんにちは、篠原美季です。

『欧州妖異譚⑭　赤の雫石〜アレクサンドロスの夢〜』をお届けしました。

今回は、十二月という季節に合わせ、クリスマス待降節中のお話にしてみましたが、いかがでしたでしょう。とはいえ、本編では、特にクリスマスを取り上げることはなく、宣伝用に書き下ろした挟み込みのＳＳやアニメイトさん限定で配布するＳＳなどで、クリスマス気分を味わえるようにしてあります。

クリスマスといえば、ハロウィンに人気を抜かれたそうですが、私個人としては、やはりクリスマスの厳粛な感じが好きです。もともとパーティーとしての祭典よりは、ミサとか粗食とか、本来的な意味での雰囲気が好きだったので、同じような視点で見た場合、ハロウィンにはどこか腐敗色が漂うというか、やっぱり死者たちの祭というイメージがぬぐえませんからねえ。いくら流行っていても、ゾンビはどうも好きになれません。私の美的感覚にそぐわないのかも。

あ、でも、今回、クリスマスなのにゾンビが……？

サブタイトルにある「アレクサンドロス」は、もちろん、歴史上有名なアレクサンドロス大王のことです。ご存知の通り、紀元前に世界征服を成し遂げた（今の感覚では、ぜんぜん「世界」ではないですけど）偉大な人物で、謎も多く、キリストやアーサー王などとともに、西欧世界では格別人気のある方です。

ただ、正直、名前だけが先行していて、案外、どんな人だったかは知らなかったりしますよね。調べるにしても、古いだけに正確な資料が少なく、それほどはっきりしたことがわかっているわけではなさそうです。——その分、ロマンがあり、例えば、この人がいなければ、キリスト教は、現在のような形にはならなかったかもしれないとか、色々と想像を働かせてしまうわけですけど。

もしかして、ヘレニズムを巻き起こしたアレクサンドロスの東方遠征って、日本でいうと「神武（じんむ）の東征」のように、半ば神話めいているのかもしれません。そういえば、時代も同じくらいかな？　――違うか。神武天皇の即位は紀元前６６０年とあるから、三百年ほど神武天皇の方が古いことになるわけですね。とはいえ、あの時代の三百年って、長いのか短いのか。少なくとも、現代ほどには、時代の差を感じることはなかったのではないかと思います。そう考えると、日本の歴史って、けっこう浅い。

ま、それを言ったら、ローマ帝国が栄えていた頃でさえ、日本にはまだ統治国家らしいものはなかったんですものね。文化レベルで言ったら、ローマ帝国と平安時代あたりがつり合いそうなのに……。あ、もちろん、完全に私の主観です。だけど、そうなると、それこそエジプトやインダスや黄河文明って……。う～ん。

さて、次回についてですが、ここで、ちょっとお知らせを。

実は、『欧州妖異譚』も次が十五冊目となり、さらにさらに、私がこちらのレーベルで書かせていただくようになってから、通算五十冊目の記念すべき巻になるそうなんです。

そこで、なんと、数年ぶりにサイン会をやることになりました！

場所は横浜を考えておりまして、いちおう、刊行予定月である三月に行うつもりではいるのですが、当然のことながら、作品ができなければサイン会もしようがないので、詳細は、追って講談社X文庫のホームページ（http://wh.kodansha.co.jp/）に掲載されることになっております。

興味のある方もない方も、時々チェックして確認してみてください♪

いつも読んでくださり、時には感想などを送ってくださる皆様と、お会いできることもなかなかないので、この機会にぜひ足をお運びいただけたら嬉しいです。私も、少しは成長した——というより、年を取って図太くなってきたと思うので、今回はサインしながらおしゃべりもけっこうできるのではないかと考えています。……たぶん？

すでにサイン本は持っているという方も、来て良かったと思えるような工夫はしようと思っていますので、お時間等が許す限り、ご来場いただけたらと切に願います。

そうそう、ホームページといえば、久しぶりに無料で読めるSSをアップしますので、そちらも、ぜひ併せてチェックしてみてください。このタイトルは、『シモン・ド・ベルジュの東方見聞録～福良雀の怪～』です。このタイトルが存外気に入ってしまい、これから時おり、SSを書く際にサブタイトルを変えながら使おうかと思っています♪

最後になりましたが、今回も、素敵なイラストを描いてくださったかわい千草先生、またこの本を手に取ってくださったすべての方々に多大なる感謝を捧げます。

では、次回作でお目に書かれることを祈って——。

日本列島に寒気が押し寄せた晩秋に

篠原美季　拝

『赤の雫石～アレクサンドロスの夢～　欧州妖異譚14』、いかがでしたか？

篠原美季先生、イラストのかわい千草先生への、みなさまのお便りをお待ちしております。

篠原美季先生のファンレターのあて先

〒112-8001　東京都文京区音羽2-12-21　講談社　文芸第三出版部「篠原美季先生」係

かわい千草先生のファンレターのあて先

〒112-8001　東京都文京区音羽2-12-21　講談社　文芸第三出版部「かわい千草先生」係

N.D.C.913 260p 15cm

篠原美季（しのはら・みき）

講談社X文庫

4月9日生まれ、B型。横浜市在住。
「健全な精神は健全な肉体に宿る」と信じ、
せっせとスポーツジムに通っている。
また、翻訳家の柴田元幸（しばたもとゆき）氏に心酔中。

white heart

赤の雫石（あかのしずくいし）～アレクサンドロスの夢（ゆめ）～ 欧州妖異譚（おうしゅうよういたん）14

篠原美季（しのはらみき）

●

2016年12月5日 第1刷発行

定価はカバーに表示してあります。

発行者――鈴木 哲
発行所――株式会社 講談社
東京都文京区音羽2-12-21 〒112-8001
電話 編集 03-5395-3507
販売 03-5395-5817
業務 03-5395-3615
本文印刷―豊国印刷株式会社
製本――株式会社国宝社
カバー印刷―信毎書籍印刷株式会社
本文データ制作―講談社デジタル製作
デザイン―山口 馨

ISBN978-4-06-286933-1

ホワイトハート最新刊

赤の雫石〜アレクサンドロスの夢〜
欧州妖異譚14
篠原美季 絵／かわい千草

血とひきかえに願いを叶える指輪とは。撮影でエジプトを訪れたモデル志望のスーザン。砂漠でのロケ中、古い指輪を拾った彼女に、運が向いて来たかと思われた。だがその指輪は、幸運の指輪ではなかった。

龍の伽羅、Dr.の蓮華
樹生かなめ 絵／奈良千春

美坊主、現れる!! 眞鍋組が眞鍋寺に!? 美貌の内科医・氷川諒一の前に、ロシアン・マフィアのウラジーミルが恋人・藤堂を取り戻すために現れた。しかし、藤堂は坊主になるため高野山へ向かっていた!?

王の愛妾
火崎 勇 絵／池上紗京

この愛は許されないものなの？ 伯爵令嬢エリセは、兄への嫌疑のため「罪人の妹」として王城で仕えることに。周囲の冷たい仕打ちに耐えるエリセに、若き国王コルデは突如、求婚してきて……!?

事故物件幽怪班 森羅殿へようこそ
伏見咲希 絵／音中さわき

いわくつき不動産、まとめて除霊いたします。大手不動産会社には、事故物件に対応する特別チームがある。地獄の宮殿『森羅殿』の名を冠したその事務所には、今日も特殊な苦情が舞い込んで……。

ホワイトハート来月の予定（12月26日頃発売）

VIP 残月……………………………高岡ミズミ
秘蜜の乙女は淫惑に乱されて……………北條三日月

※予定の作家、書名は変更になる場合があります。